「この程度か!」
男は剣を振るうたびに激しさを増し、
雄叫《おたけ》びを上げる。

キララ は タオルを広げて優雅に座る。
シルルカ はごろんと寝そべった。
リタ は桶《おけ》の水をすくってサウナストーンにかける。
「あとは扇《あお》ぐのだけれど……
その葉っぱを使えばいいわ」

リタはその葉を両手で掴《つか》むと、
ぱたぱたと扇ぎ始めた。
「これは熱いですね！」

CHARACTERS

フェリクス

銀翼騎士団の団長。竜魔王を打ち倒した英雄。
生真面目でよくシルルカとリタに振り回されている。

シルルカ

銀翼騎士団の幻影魔導師。魔導で人によって違う顔に
見えるため「百貌《ひゃくぼう》」と呼ばれている。

リタ

騎士に憧れてフェリクスについてきた少女。妖狐の精霊
クーコと契約しているがあまり言うことを聞いてもらえない。

アッシュ

銀翼騎士団の青年。フェリクスの優秀な部下。
疾風騎士の異名を持ち、仕事も早い。

キララ

銀翼騎士団の精霊使い。大精霊の言葉がわかる。
アッシュの幼馴染《おさななじみ》で彼に好意を寄せている。

仮面の魔人

ホルム国で暗躍している銀霊族の魔人。
竜魔人とは敵対しているようだが……。

最強騎士団長の世直し旅 4

佐竹アキノリ

ヒーロー文庫

最強騎士団長の世直し旅 4

CONTENTS

Illustration パルプピロシ

イラスト／パルプピロシ
装丁・本文デザイン／5GAS DESIGN STUDIO
校正／福島典子（東京出版サービスセンター）
ＤＴＰ／鈴木庸子（主婦の友社）

プロローグ

　竜魔人との戦争が始まって数年後の冬、フェリクスは大隊長の身分にあった。

　一介の騎士にすぎないフェリクスだったが、それまでの戦功を認められ、新設されたばかりの夜嵐《よあらし》騎士団第三大隊を任せられることになったのである。

　彼の活躍もあって、設立直後から快進撃を続けた夜嵐騎士団の次の任務は、北に位置するホルム国への遠征であった。

「……まったく、寒くて嫌になるな」

　辺り一面雪に覆われ、吹きつける風はぞっとするほど冷たい。

　温暖なジェレム王国と異なり、ホルム国の冬は厳しい。氷の大精霊が住んでいるため、一年を通して気温が低いのだが、冬にもなると息も凍るほどの寒さとなる。

「うわ、本当にくっついちまったよ」

　声のするほうに目を向ければ、一人の兵が慌てていた。手指が鎧《よろい》に凍りついて、くっついて離れなくなってしまったのだ。

　兵たちは防寒具を着込んでいるが、触れる鎧の冷たさに震える者もいる。ジェレム王国から遠征してきたため、こちらの環境に慣れていないのだ。

その一方で、少数ではあるが平気そうにしている者もいる。

ジェレム王国のカルディア騎士団に所属しているとはいえ、彼らの経歴はてんでバラバラだ。その統一性のない武装からもわかるように、彼らはもともと、正規兵ではないのだ。

この時期にはいくつもの騎士団が臨時で編制されていたが、多くは傭兵《ようへい》などの寄せ集めであり、その例に漏れず、夜嵐騎士団も傭兵ばかりの部隊であった。

彼らの中には昼間から酒を飲んだくれている者もいて、正規兵と異なって扱いにくいとされている。

「隊長も一杯どうだ!?」

「今は見回りしているところなんだけど」

「堅いこと言うなよ。ここは寒いから、強い酒でも飲まねえと凍《こご》えちまうぞ！」

「なるほど。一理あるな」

流されて納得してしまうフェリクスである。彼もまた平民の生まれの傭兵上がりであり、規律に関しては緩いのだった。

そんなわけでフェリクスは大隊長として仮設の野営地をぶらついていた――もとい、見回っていたのだが、糧食庫の横を通り過ぎようとしたとき、元気な声が聞こえてきた。

「あわわ……お芋が凍ってカチカチです！」

中を覗《のぞ》いてみれば、狐人族の少女リタが芋を手にして騒いでいた。

彼女はカルディア騎士団の団員ではないが、どういうわけか騎士団についてきている。

すぐに音《ね》を上げるだろうと放っておいたところ、いつしか居着いてしまったのだ。

戦闘の役には立たないものの、実家が宿屋なのでなかなか料理上手らしく、後方支援としては評判がいい。

そんなリタはフェリクスを見つけるなり、愛嬌《あいきょう》たっぷりに赤い尻尾を振りながら駆け寄ってくる。

「隊長！　今日はなにが食べたいです？」

「……ここにあるものでなにが作れるんだ？」

箱を覗いてみると、ほとんどが芋である。

リタは「なんでも作ります！」と張り切っているが、食材の種類は決して多くない。

どう答えたものかと眺めていると、野次が飛んでくる。

「おいおい、隊長の気分で飯を決めるのかよ！」

「はい！」

元気いっぱいに答えるリタ。

すかさず囃《はや》し立てる兵たち。

「くぅー！　モテるねえ！」

「やけちまうな！」

兵たちの言葉にリタがはにかむのを見つつ、フェリクスは気遣う。

「からかうなよ、リタが困ってるだろ。隊長の俺に配慮しただけじゃないか。お前らこそ、少しくらい気を使ってくれてもいいんだが」

「なに言ってるんだ。いつも隊長は言ってるじゃねえか。『ただ敵を切った数が多いから隊長になっただけだ。無理に俺に気を使わなくていい』って」

「まあそうではあるが……」

フェリクスが言い淀《よど》む隣で、お調子者の兵たちがはしゃぐ。

「よっしゃ、隊長の苦手なもんいっぱい入れようぜ」

「そんなもんあんのか？　なんでも食うだろ！」

「違《ちげ》えねえ！」

大笑いする彼らは、傭兵《ようへい》上がりということもあって規律も秩序も知ったことではない。

そしてフェリクスも似たようなものであった。

「よし、今晩はこいつらの苦手な料理にしてくれ。こいつらの分には野ねずみのステーキも追加だ。隊長命令な」

「わかりました！」

リタが元気に手を上げると、「隊長、そりゃねえよ！」と非難の声が上がる。

「お、隊長命令を初めて聞いたぞ」

「珍しいな」

「隊長なんて適当に持ち上げときゃいいのに、からかうからだろ」

フェリクスへの敬意などあったものではない。

尊敬してほしいわけでもないが、そんな評価だったとは。

「散々な言われようだ」

落ち込むフェリクスに、わくわくした様子でリタが尋ねる。

「ところで隊長の苦手な料理はなんです？」

「……それを聞いてどうするんだ？」

「お母さんが言ってました。お父さんと喧嘩《けんか》したときは、お父さんの苦手な料理を出してやるんですって」

「なるほど。親父さんも苦労するな」

「でもでも、隊長とリタは両思いで仲良しなので、喧嘩もしませんし必要ないですね。愛情たっぷりの料理を出します！」

「そりゃあいいな」

おいしい料理を作ってくれるならそれに越したことはない。リタの言葉に適当に頷《うなず》いておくフェリクスだった。

リタが楽しげに芋の皮を剥《む》き始めると、邪魔をするのも悪いのでフェリクスは糧食庫をあとにする。

その後フェリクスはいくつかの部署に顔を出してから、兵站部《へいたんぶ》にやってきた。こちらには女たちの姿も多く、誰もがせわしなく動き回っている。

騎士によってはそれら後方支援の管理の一切を従士に任せる者もいるが、傭兵《ようへい》上がりのフェリクスには従士などいない。

だから自分で管理するしかないのだが……。

(俺が口を出すと、かえって迷惑になりそうだな)

なんの知識もない以上、関与しないほうがマシだろう。フェリクスは彼らに任せることにした。

最低限見回りだけ済ませたら自分の天幕に帰ろうと思いながら歩いていると、積み上げられた袋の陰で金色の尻尾がふわふわと揺れているのが見えた。

そちらを覗《のぞ》いてみれば、美しい少女の姿があった……のだが、大量の毛布にくるまっているため、なんとも珍妙に見える。

「シルルカ、またサボっているのか」

「わっ!? ……なんだ、隊長さんじゃないですか。脅かさないでくださいよ」

ほっと一息つくシルルカ。

（……普通は隊長に見つかるのが一番困るんじゃないか？）

とはいえ、フェリクスも隊長としてしっかりしているわけではない自覚があるので、なにも言わずにおいた。

「皆、忙しそうにしているんだけど、シルルカは手伝わなくていいのか？」

「あれは私の仕事じゃないですからね。狐は寒いと丸くなっちゃうんです。こんな極寒の地に連れてくるのが悪いんです。うぅ、帰りたい……」

「シルルカがぐうたらなのはいつものことだろ。動くとあったかくなるぞ」

「疲れるじゃないですか」

「本当にどうしようもないな」

彼女は幻影の魔導が使えるため、普段は潜入任務に就く密偵の顔を変えるなどの手助けをしている。幻影を長時間持続させることもできるので、現場に出ることは滅多にない。

「シルルカはなにをしに来たんだ？」

「わかりません。夜嵐騎士団の団長命令で連れてこられたんです。ひどいですよね」

「あの人のことだから、なにか思惑があるんだろうな。信頼されている証拠だろ」

「うう、迷惑な信頼です」

シルルカはしょんぼりと狐耳を倒すのだった。

フェリクスは夜嵐騎士団団長ルドウィンの姿を思い浮かべる。騎士団の方針はいつも彼が立てており、フェリクスも信頼していた。

「今後の作戦の話もあるだろうし、ちょっと顔を出してくるか」

「あ、ついでに私は帰っていいか聞いてきてくださいよ」

「わかった。シルルカが働きたくてうずうずしているって言っておこう」

「ひどいです！　隊長さんの鬼！」

シルルカにぽかぽかと叩《たた》かれながら、フェリクスは兵站部《へいたんぶ》を出る。

それからルドウィンがいるところへと向かう。

彼とは一年前からの付き合いであり、上司と部下というより、背中を預け合う戦友というほうが感覚的には近い。

竜魔人との争いが激化する中、臨時で編制された騎士団の大半はたいした戦果も残せずに壊滅していたため、傭兵《ようへい》上がりの二人は部隊を転々としながら、別れと再会を繰り返していた。

そんな二人がいよいよ騎士団を任されるに至ったのは、人手不足だけが理由ではない。

(面倒な立場になってしまったものだ)

一介の騎士であれば敵を切っているだけでよかったが、隊長になってからは頭を使うことが多くなった。もっとも、フェリクスは脳天気な性格だから、作戦を立てたり指示したりするのは、ほとんどルドウィンの役割ではあるのだが。

竜魔人との戦いは年を経るごとに苛烈《かれつ》さを増していたが、このホルム国はそれ以前から争いが生じていたため、他国と比較してもなお厳しい戦況であった。

ホルム国は、国交のある国々に救援を求めたが、どの国も竜魔人と交戦中であり、加勢できるような余裕はない。

生半可な兵を送ったところで全滅するのは目に見えており、かといって正規の部隊は自国の防衛に当たっている。

そこで、剣の腕のみならず傭兵たちの扱いに長《た》けた二人を中心に、腕利きの傭兵部隊「夜嵐騎士団」が編制されたのである。

「さて、どこにいるかな?」

フェリクスがルドウィン団長を探していると、野営地を離れて見張りをしている姿を見つけた。

しかし、どうにも死角の多い場所だ。敵を捜すには不向きの場所だから、なにか別の作業でもしていたのかもしれない。

フェリクスがそちらに向かっていくと、気づいたルドウィンが声をかけてくる。

「兵たちの様子はどうだ?」

「寒がっているが、現状では特に問題はなさそうだ」

「そうか。ご苦労だった」

ルドウィンは視線を北に向ける。

真っ白く染まった山々が連なっており、これといったものは見えないにもかかわらず、彼は目を細めた。

「アイシー地方のことを知っているか?」

「すごく寒いって聞いたぞ。たくさん着込まないといけないな」

「……まったく。お前のことだから、そんな調子だろうとは思ったが」

ルドウィンは大きなため息をつく。

「あそこは氷の大精霊の土地だ。その力は非常に強く、この国全域に影響を及ぼしている。アイシー地方が特に寒いのもそれが原因だ」

「やっぱり、着込まないとな」

「問題はそこじゃない。あそこには、この国の大多数の民族とは異なるアイシーの一族が住んでいて、数年前に併合されたのだが、様々な禍根《かこん》と軋轢《あつれき》が残っている」

アイシー地方に大規模な部隊を差し向けないのも、先住の民の感情を気遣ってという話もある。

フェリクスはこういう情報には疎《うと》く、ピンとこなかった。

「そうは言っても、敵は竜魔人だろ。仲間割れしている場合じゃない」

「それこそが問題なんだ。アイシー地方は激戦地であるにもかかわらず、ホルム本国は少数の部隊しか送らなかった」

「おかしいだろ、そんなの」

「失敗するリスクを避けたんだ。敗北したり、竜魔人の反撃で被害が増大したりすれば、従来のホルム国民からの反発は必至だ。一方でアイシーの民からすれば、救援をよこさないなんて、ホルム国の民として扱われていないのだと不満が出る。その折衷案《せっちゅうあん》として、『氷狼将軍《ひょうろうしょうぐん》』が派兵されたのだろう」

他国の状況に疎いフェリクスでも、その人物の噂《うわさ》は自然と耳に入っている。

たった一人で数百の敵兵を切ったとか、敵将を騎竜ごと大剣で叩《たた》き潰したとか、とんでもない男らしい。

氷の狼《おおかみ》を駆って次々と敵を薙《な》ぎ倒していく姿からついたあだ名が「氷狼将軍」である。

「すごいやつがいるんだったな」

「ホルム国の英雄として名高い彼がいなければ、アイシー地方はとっくに廃墟《はいきょ》になっていただろうと言われている」

ルドウィンはそこまで話してから、視線を下に向ける。真っ白な雪は踏み荒らされて、くっきりと足跡がついていた。

「……そんな氷狼将軍でさえ捨て駒にすぎない。所詮、庶民上がりの兵の扱いなどそんなものだ」

「このホルム国の将軍は王族がなると聞いていたが……」

「ああ。だから氷狼将軍というのはあだ名だ。正式な将軍はとある姫君だそうだが、氷狼将軍の名声にかき消されて話題に上ることはないな。たいした戦果がないとはいえ、可哀想なものだが」

「王侯貴族にも、いろいろあるんだな」

「まったく……俺たちの今後の立ち位置にも関わるんだ。少しくらいは気にしておけ」

ルドウィンは呆《あき》れるのだが、フェリクスはやはり、自分の仕事は敵を切ることだという認識からあまり変わらずにいるのだった。

そんな話をしていた二人だが、ルドウィンはふと、視線を南西に向ける。その先にあるのはジェレム王国だ。

「夜嵐騎士団の名前の由来を知っているか?」

「団長の剣が理由だろ? 風が吹き荒れるからな」

竜魔人が用いる魔法は漆黒の光や炎などが多いこともあって、ルドウィンが愛用の剣の能力で暴風を生じさせながら敵中に切り込んでいく姿は、まるで黒い嵐のように見えるのだ。

けれど、ルドウィンは首を横に振る。

「表向きはそうだが、本当の理由は違う。夜嵐《よあらし》というのは『夜を荒らす』夜盗だと言いたいのさ」

「考えすぎじゃないのか」

「そうでもしなければ、正規の騎士団の面子《めんつ》が保てないんだろう。ただの傭兵風情《ようへいふぜい》と一緒にされては敵《かな》わないのさ」

彼はジェレム王国の方に顔を向けたまま、わずかに唇を噛《か》んだ。

「俺がこの騎士団を任されたのは貴族の出自ではないから——要は厄介払《やっかいばら》いだ。いつだって身分が立ちはだかる」

「大変だな」

「お前も他人事《ひとごと》じゃないぞ。いずれ団長になれば、ジェレム王国の中であっても、そうした関係の中で生きることになる」

どの国にも少なからず身分に関するしがらみはある。カルディア騎士団には、貴族の出自の者もいるのだ。

とはいえ、やはりフェリクスには遠い世界の話に思われた。

「本当に俺が団長になったら、選んだやつは相当見る目がないな」

「俺は慧眼《けいがん》だと思うがな」

「買いかぶりすぎだろ」

肩をすくめるフェリクスだが、ルドウィンは真剣な眼差《まなざ》しを向けていた。

その気迫に、フェリクスも茶化してはいられなくなる。ルドウィンは重い口をゆっくりと開いた。

「もし俺が倒れたら、そのときはお前が変えていけ。この歪《ゆが》んだ仕組みを」

「冗談だろ？　あんたが倒れるなんて――」

フェリクスがルドウィンへと歩み寄った瞬間、影が落ちる。

見上げた彼らの目に映るのは、数人の竜魔人だった。

「覚悟！」

竜魔人どもが掲《かか》げた刃《やいば》が振るわれるなり、剣身に絡みついていた漆黒が蛇のように解き放たれる。

四方八方から迫り来るそれらを前にフェリクスが剣を抜いたとき、ルドウィンはすでに剣を振るっていた。

白銀に輝く刃が一閃《いっせん》。剣の軌跡に沿って闇が割れた。

軌跡の直線上にあった竜魔人は真っ二つになりながら同胞に望みを託す。

「どうかやつを……！」

「くっ……！　必ずや！」

思いを受け継ぎ、ルドウィンへと切りかかる彼らであったが、その刃は相手に触れる前

に地に刺さる。

宙を舞う首が、その横に虚《むな》しく落ちた。

フェリクスは剣についた青い血を払いつつ、かろうじて息がある竜魔人へと刃《やいば》を突き立てる。うめき声が上がったのは、一瞬のことだった。

ルドウィンは返り血に染まりながらも、顔色一つ変えずに呟《つぶや》く。

「やはり潜んでいたか」

「わざと誘っていたのかよ」

「ああ。近くをうろうろしていたからな。狙いは俺らしいから、一人になれば乗ってくると踏んだんだ」

「いくらあんたが無敵だからって、こんなやり方は危険だ」

「この程度は危険などと言わないさ。……俺たちが行く先と比べればな」

そしてルドウィンは続ける。

「アイシー地方への遠征が決まった。俺たちもまた、捨て駒になったわけだ」

こんな混戦の最中《さなか》だ。いつどんな状況で命を落とすかもわからない。ルドウィンが「もし俺が倒れたら」と言ったのは、冗談なんかではなかった。

だが、どれほど危険な任務であろうとも、彼らは行かなければならない。己《おのれ》が騎士であるために。そして己が使命を果たすために。

（俺が国の仕組みを変えていく……）

フェリクスは改めて考えてみる。

果たして、そんな器なのか。自分にそんなことができるのか。

これまで一介の騎士にすぎないと思っていた。そしてこれからも、ずっとそうであろうと思っていた。

変わらなければならないときが近づいてきている。

フェリクスは団長の問いに、最後まで答えることはできなかった。

◇

その数日後、アイシーの戦いは混迷を極め、ルドウィン団長は帰らぬ人となる。

銀翼騎士団結成の契機となる出来事であった——

第十三章　銀翼騎士団長と氷の国

その日、フェリクスはシルルカ、リタと一緒に王城を歩いていた。国王トスカラ陛下から直々《じきじき》に呼び出しがあったのである。

「さて、用件はなんだろうな」

「いつも頑張っているご褒美に違いありません」

「本当!? やった!」

シルルカとリタは二人で好き勝手なことを言い合う。

フェリクスもそうだといいなと思いつつも、都合のいい期待は抱かないようにした。

「親戚のおじちゃんじゃないんだから、そんなわけないだろ。どうせ新しい任務じゃないのか」

魔人である「銀霊族《ぎんれいぞく》」が各地で見られるようになり、フェリクスもいずれ旅立ってもらうことになる、と言われたばかりだ。

次の行き先はどこになるだろうか。

窓の外を見れば、家々はすっぽりと白い綿帽子《わたぼうし》を被《かぶ》っている。城内の暖炉には薪《まき》がくべられ、火の精霊が賑《にぎ》やかに踊っていた。

　季節はもう冬である。

「すっかり寒くなりましたし、あったかいところがいいですね」

「素敵なリゾート地だといいね！」

「旅行じゃないんだからさ」

　苦笑いするフェリクスであるが、どうせ旅に出るなら確かにリゾート地がいいな、などと思ってしまうのだった。

　やがて王トスカラのいる謁見室《えっけんしつ》に到着すると、彼は「待ちわびていたぞ」とにこやかに迎えてくれた。

「以前にも伝えていたように、銀霊族の魔人どもが各地で見られるようになった。ゆえに貴公に旅立ってもらうときが来た」

「かしこまりました。行き先はどこでしょうか？」

「ホルム国だ」

　北国であり、一年を通して雪が降るほど寒いと聞く。フェリクスは数年前の冬を思い出して、わずかに眉をひそめた。

　その隣で、シルルカは愕然《がくぜん》として呟《つぶや》く。

「そ、そんな……！　リゾート地じゃないなんて！」

「ホルム国なら雪合戦ができるね！　スキーもできるかも！」

はしゃぐリタとは対照的に、シルルカはおずおずと申し出る。

「……団長さん、今回は遠慮してもいいですか？」

「無理強いはしないが……」

シルルカが行きたがらないのは、寒さだけが理由ではないだろう。フェリクスたちにとってあの土地は、多くのものを失った場所でもあるのだから。

一方でリタは相変わらずだ。

「師匠が凍《こご》えそうになったら、リタが温めてあげます！　ぎゅっ！」

フェリクスにくっついて尻尾をぶんぶんと揺らす。

「なんで遭難することが前提なんだよ」

「えへへ、二人きりで愛を育《はぐく》んじゃいます！」

「だ、ダメです！」

今度はシルルカが反対側にくっついた。

「無理についてこなくてもいいよ？　百貌《ひゃくぼう》は寒いのが嫌いなんだよね？」

「いえいえ、団長さんは暑苦しいので傍《そば》にいれば大丈夫です」

「ひどい」

「それよりもリタさんは元気なのでくっつかなくても大丈夫ですよね」

「そんなことないよ。風邪引いちゃうもん。ね、師匠？」

「そもそも厚着すればよくないか」

二人をくっつけたまま、フェリクスはトスカラ王に向き直る。

「お見苦しいところをご覧に入れて、申し訳ございません」

「うむ。貴公らは賑《にぎ》やかでよいな。さて、本題であるが、魔人どもがなにをしようとしているのか、大精霊から話を聞いてきてほしい」

ホルム国には、氷の城に住まう大精霊がいることが知られている。

しかし、その居場所は明確には判明しておらず、噂《うわさ》によると年によって異なるそうだ。これは春になると氷が溶けて、冬が来るとそのたびに別の場所に氷の城を造るということなのかもしれない。

「城の場所の目星はついているのですか？」

「残念ながらまだだ。かつてその城を見たという男が銀翼騎士団から派兵されているが、なかなか見つからないそうだ」

「ああ、ヴォークさんですか。当てになりませんね」

肩をすくめるシルルカ。

銀翼騎士団の騎士「大斧《おおおの》のヴォーク」は、豪快な戦いぶりで知られている。戦場では頼りになるとはいえ、性格は大雑把《おおざっぱ》で、話すこともあまり信憑性《しんぴょうせい》がない。

トスカラ王はそんなことを言うシルルカを見ても、気にせず笑って続ける。

「貴公らならば、あの城を見つけられると信じている。吹雪《ふぶき》で城の姿は見えないというが、リタ殿の耳ならば聞き分けられるだろう。幻影で隠されているのであれば、シルルカ殿の魔導で暴けるだろう。よいな？」

「はい。異論はございません」

フェリクスは頷《うなず》く。人選としても適切だろう。

そこまで話をしたところで、フェリクスはふと尋ねてみる。

「ところで陛下。アッシュを見かけないのですが……」

こうした任務の際は、いつもアッシュが手伝ってくれていた。

まったく連絡がない場合もたまにはあるが、そういうときは、彼は彼で仕事をしていることが多い。

しかし、返答は予想していないものであった。

「休暇中だ」

「それは珍しい。いつも仕事一辺倒なのに……というか、なんで団長の俺に一言も報告がないんだ」

あらかじめ伝えておいてくれてもいいだろうに。

そこまで団長扱いされていないのかと、ちょっぴりへこむフェリクスであった。

「アッシュはカザハナ国に行くそうだ」

「ということは、キララも一緒ですか」

「うむ」

カザハナ国は二人の故郷だ。これまで帰郷したところは見たことがないが、なにかあったのだろうか。

「この時期に行くってことは……」

リタの狐耳がピンと立った。

「わかった！　新婚旅行だ！」

「それを言うなら婚前旅行ですよ」

「普通はその前に親戚への挨拶じゃないか？」

「まったく、アッシュさんも隅に置けませんね」

シルルカとリタが盛り上がるのを見つつフェリクスは、

（絶対に違うけど……まあ、そういうことでいいか）

と深追いはしないことにした。

私的な部分を追及しても仕方がない。アッシュとキララも、二人で話したいことくらいあるだろう。

そんなわけで、今回の旅に二人はついてこないらしい。

「すまないが、今回は三人で行ってもらおう。ホルム国に着いてからヴォークらと合流してくれるか」

「了解いたしました。元々、三人の旅でしたし」

「そうかそうか。たまにはそれもよかろう」

「それでは陛下、行ってまいります」

フェリクスたちは王城をあとにする。

そして北国ホルム国へと旅立つのだった。

◇

ホルム国の辺境の町にやってきたフェリクスたちは、凍《こご》えていた。

「うぅ、なんという寒さでしょうか」

シルルカは身震いしながら、尻尾をぎゅっと抱きしめて暖を取る。

「まさかこれほどとは思ってもみませんでした」

「数年前と比べても、明らかに気温は低いよな」

「異常気象でしょうか。陛下は絶対、知ってて隠していましたよね」

「だろうな。この寒さを伝えたらシルルカは来ないだろうし」

「ひどいです。騙《だま》されてしまいました」

頬を膨らませるシルルカである。

吐く息の白さは辺り一面の雪にも引けを取らない。

周囲の家々は屋根に積もる雪の重さに耐えるため、がっしりとした太い木材で作られていた。

そんな町の様子を見ていたリタが、狐耳をピンと立てた。

「師匠、そこの店で暖かそうな服が売られています！　買っちゃいましょう！」

フェリクスもシルルカも一も二もなく飛びつく。

店内に足を踏み入れると、建物の断熱性が高いのか、室内は暖炉の熱で快適に暖められていた。

「ふぅ、あったかいです」

そこで並べられている衣服は、ジェレム王国のものとは異なっている。

寒冷地仕様となっており、たっぷりと綿が入ったものや、ふかふかの毛皮で覆われたものがある。これなら寒さも遮断できそうだ。

リタが触ってみると、詰められた綿が、柔らかくぼふぼふと音を立てる。

「わあ、ふかふかです！」

笑顔のリタに、中年女性の店主が「試着はいかがですか」と勧めてくる。

「尻尾はどうするんだ？　中に入れたほうがいいのか？」

「寒くないから大丈夫です！」

リタ曰《いわ》く、尻尾はふわふわの毛で覆われているから問題ないそうだ。

尻尾のある種族に向けた服で、尻尾だけ外に出せるデザインのものもあったため、そちらを早速身に着けてみる。

綿がたっぷり入った服を着ると、細身のリタは普段の倍以上の大きさに見える。

「随分と着膨れしましたね」

「あったかいよ。百貌もどう？」

「確かに暖かそうですが……私は遠慮しておきます。ちょっと不格好なので」

「じゃあ、私も別の服にしようかな」

「リタさんはぶかぶかでも可愛いですよ」

「えへへ、そうかな？」

（確かに子供っぽくて似合ってるな）

とはいえ、そう言われるとリタは不満そうにするだろうから、フェリクスは「似合ってるぞ」とだけ言っておく。

「えへへ、師匠に褒められちゃいました」

リタは尻尾を揺らして上機嫌だ。

それからシルルカは上品なコートを、フェリクスは毛皮の付いた外套《がいとう》を買って、すっかり寒冷地に合う装いになった。帽子を被《かぶ》れば、寒さで耳が痛くなることもなくなる。

「とてもお似合いですよ」

とお愛想を言う店主。情報収集を兼ねて、少しばかり彼女と世間話をすることにした。

ホルム国の民にとっても、これほどの寒さは珍しいらしい。

「この寒さは骨身にこたえるでしょう。こんなのは何十年ぶりでしょうかね」

「なにか原因に心当たりがおありですか？」

「さあねえ……難しいことはわかりませんが、皆は大精霊様の不興を買ったとか、むしろ機嫌がいいからとか、好き勝手に言っていますね」

精霊の考えなど常人の知るところではないが、ともあれ、大精霊が影響していると見なしている人は多いようだ。

「キララがいれば、精霊の影響もわかるんだがな」

「デート中ですからね。呼び出すのも悪いですよ」

「うんうん。邪魔しちゃダメだよね」

「ひとまずは俺たちだけでなんとかするしかないよな」

いつも頼ってばかりでは悪い。本当に必要になれば呼び出さざるを得ないが、今はまだいいだろう。

それから今後の行き先について尋ねておく。

「北のほうに行きたいんですが、もしかしてもっと寒いですか？」

「そうですね。向こうはアイシー地方が近いから」

アイシー地方には大精霊がいると考えられている。その影響で、他の地方よりも気温はさらに下がっているようだ。

「北に向かうのでしたら、ここより少し北の町で雪まつりが開催されるので、途中で寄っていくといいですよ。イベントにも参加できますよ」

「師匠、行きましょう！　リタも参加したいです！」

「そうだな。見ていくか」

乗り気になったところで、ふと店主は思い出したように言う。

「でも、多くのイベントの参加締め切りはもうすぐなので、間に合わないイベントもあるかもしれません」

「そんな……！」

尻尾をしょんぼりと垂らして残念がるリタ。

一方でシルルカは興味がなさそうだ。

「仕方ありませんね、諦めましょうか」

「参加できなくても、出し物を見に立ち寄ってもいいんじゃないか？」

「それはそうでしょうけれど……ただでさえ寒いのに、氷像や雪像を眺めていたらもっと寒くなりそうじゃないですか」

「かまくらに入ればあったかいだろ」

「それに雪像は食べられませんからね」

「結局食い気かよ」

呆《あき》れていると、店主が教えてくれる。

「今年の雪まつりの賞品は、魚が多いそうですよ。寒くなったから、魚がいつもより早く南下してきたとか」

「団長さん、行きましょう！」

「諦めるって言ったばかりなのに」

なんという変わり身の早さか。

フェリクスは苦笑いする。

「とはいえ、参加締め切りはどうしようもないだろ」

「団長さんが飛ばせば間に合うはずです！」

「師匠、行くしかないです！」

シルルカとリタが飛びついてきてフェリクスの背に乗り、元気な声を上げる。

「出発です！」

「俺は馬かよ」

言いつつも、二人を背負ったまま動きだすフェリクスであった。

ホルム国は降雪量が多いから、専用の装備を整えていったほうがいい。

通常の靴では接地面積が小さいので、足が雪に埋まってしまう。こちらでは靴の代わりにスキーを使うらしく、早速買いに行って、店の前で装着してみる。

三人とも初めてということで、動きはたどたどしい。前にホルム国に来たときは、歩行が多いということでスノーシューを履いていたのだ。

「なかなか難しいな」

「そう言いつつ、団長さんは使いこなしているじゃないですか」

「シルルカも器用だな」

二人は慣れないながらも滑ってみる。危なっかしさはあるが、初めてにしては上手なほうだろう。

その一方――

「あわ、あわわわ！」

リタは両手をバタバタさせながら、路肩に積まれた雪に突っ込んでいった。

ぼふっと音を立てて、真っ白な雪の山の中に消えるリタ。赤い尻尾《しっぽ》だけが飛び出していた。

フェリクスはスーッと近寄って、リタを雪の中から引っこ抜く。

「ぷはっ！　師匠、このスキー板おかしいです！　勝手に動きます！」

「そんなわけあるか」

「おかしいのはリタさんのバランス感覚ですよ」

それでもリタはしばらくジタバタしていたが、

「あ！　あっちのほうがいいかも！」

そりを見つけるなり、駆け寄っていって飛び乗った。

「クーコ！　お願い！」

リタが両手を上げると、光が集まって炎となり、妖狐の守護精霊クーコが現れる。

わくわくした顔で待っているリタをしばし見ていたクーコだが、やがてくるりと背を向けると、後ろ足でそりを蹴り上げた。

「わわっ！」

リタを乗せたそりは勢いよく滑り出す。

最初は驚いていたリタだが、次第に楽しくなってきたようだ。尻尾を勢いよく揺らしてはしゃぎ始める。

「師匠！　どうですか？　これなら早く移動できます――」

振り返ったリタの視界にクーコはいない。

そりは勢いを失って、やがて止まってしまった。

「まあそうだよな。犬じゃあるまいし」

「そりなんか引きたくないですよね。リタさんは重いですし」

「重くないもん！」

「というわけで、頼みました団長さん！」

シルルカもそりにぴょんと飛び乗った。

二人がじっと見つめてくるので、フェリクスはため息をついた。

「ったく。仕方ないな」

フェリクスは自分用のスキー板とスノーシュー、そして二人を乗せるためのそりの代金を支払うと、そりを引いて北の町に向けて旅立った。

◇

雪の積もった山中を進むことしばらく。

人目のないところまで来ると、フェリクスは銀の翼を広げた。こうなると、ストックを使わずとも、翼の力でどんどん加速していける。

木々の合間を駆け抜け、ウサギやシカなどの横を通り過ぎ、真っ白な雪原を軽快に突き進む。

フェリクスが引くそりの上で、シルルカが楽しげな声を上げる。

「これは爽快ですね！」

「そりゃ乗ってるだけだからな。リタ、念のために人がいないかどうか、音を探っておいてくれ」

「はい！　全然聞こえません！」

元気よく答えるリタ。

彼女の耳は帽子ですっぽり覆われている。

「それじゃ聞こえるわけないだろ」

「まったく、リタさんは仕方ないですね。えいっ！」

シルルカが彼女の帽子を取る。

フェリクスの速度はどんどん上がっており、吹きつける風は強くなってきていた。

「寒いよ！」

「でしょうね」

「なんてことするの！」

今度はリタがシルルカの帽子を奪い取る。

「なにするんですか！　寒いじゃないですか！」

「お返しだよ！」

シルルカとリタは帽子を奪い合う。

「……人がいないかどうか、ちゃんと探っていてくれよ」

フェリクスは二人の賑《にぎ》やかな声を聞きつつ、呟《つぶや》くのだった。

そんなリタであるが、自分の仕事はきっちりこなしてくれているらしく、急に狐耳をぴょんと立てた。

「あ！」

「なにかあったか？」

「人……いえ、魔人です！」

リタはそちらに狐耳を向けつつ、指で方向を示した。

フェリクスは銀の翼を消して減速し、木々の陰に身を潜めた。

「竜魔人か？」

「はい。でも、一人だけ違うみたいです」

「会話の内容は？」

「揉《も》めているみたいです。一人の魔人が、竜魔人たちの住《す》み処《か》に無断で立ち入ったみたいです。仮面を外せって言われているので、たぶん仮面を着けた魔人です。……あっ！」

その瞬間、リタが目を見開く。

「竜魔人が切られました！　あわわ、次々にやられています！」

「竜魔人が倒されるのは構わないが、その仮面の魔人が各地で暗躍している銀霊族の可能性はあるな。竜魔人が全滅した頃合いを見計らって接触する。ポポルン、二人を頼む」

フェリクスがサッと腕を振ると風が集まって光り輝き、彼の守護精霊である丸っこい鳥が現れた。

ポッポ鳥のポポルンは、フェリクスの周りをぱたぱたと飛んだ後、シルルカの肩に止まった。

仮に魔人が襲ってきたとしても、ポポルンがいれば安心だろう。守護精霊は主人の居場所もわかるため、二人とはぐれることもない。

「行ってくる」

「気をつけてください」

シルルカは杖《つえ》を振り、フェリクスに幻影の魔導をかける。それにより、雪に紛れやすく、見つからないようになった。

フェリクスはスノーシューに履き替えると、雪の上を慎重に進んでいく。

（少しでも気づかれたら、隠れようがないな）

彼の移動の軌跡がしっかりと雪の上に残ってしまっている。

とはいえ、様子を窺《うかが》ってもなにも情報が得られなければ、直接仮面の魔人と接触するつもりなのだ。結果としてはあまり変わらないだろう。

リタが指した方向に進んでいくと、木々の向こうに青く染まった雪が見えてきた。竜魔人の血だ。

例の魔人はその中で、血塗られた剣を手に佇《たたず》んでいる。外套《がいとう》のせいで、体型はほとんどわからない。

その男は竜魔人の亡骸《なきがら》をじっと見つめていたが――仮面の中の瞳が、ぎょろりとフェリクスに向けられた。

(ちっ！　気づかれたか！)

シルルカの幻影の魔導をあっさりと看破したことからも、相当な実力者のようだ。

もはや隠れようもない。フェリクスは堂々と仮面の魔人へと接近する。特徴のある白い髪が見えていた。

「あんたも銀霊族か」

返答は期待していなかったが、仮面の下から若い声が漏れてきた。

「だとしたら、どうする」

「ここでなにをしていたのか、聞かせてもらおう」

「竜魔人を切っただけだ。人にとっての敵でもある。なんら問題ないだろう」

「人間の領域に足を踏み入れて、わざわざ悪党退治とは思えないが。狙いはなんだ？」

「懐かしい友に会いに来ただけさ」

「それを信じるとでも？」

「なにを言おうとも、信じないのは変わらないだろう。我々の間には、決定的な溝があるのだから」

人と魔人は違うのだ。互いに信用などできるはずもない。たとえ真実を言っているのであれ、嘘《うそ》であれ。

戯《ざ》れ言《ごと》を口にしているだけと見るのが妥当なのだが、フェリクスはこの男の態度が妙に気になった。

情け容赦なく竜魔人を切ったかと思えば、やけに落ち着いている。

感情任せに動いているようではないが……。

どれほど観察しようと、仮面の下の表情は読めない。

「用がないのであれば、疾《と》く去れ」

「そういうわけにはいかない」

「であれば、すべきことは一つだろう」

魔人はすっと剣の切っ先を向けてくる。剣身が纏《まと》っていた青い血が宙に飛び散り、風に攫《さら》われて雪に消えていく。

フェリクスも剣を抜いた。

「お前たちが悪行をしないのであれば、見逃《みのが》してもいい」

「それも人の傲慢《ごうまん》だ。いつから自分たちが指図する立場になった？」

「ここは人の国だ。魔人の国じゃない」

「お前たちがそう思っているだけで、ほかの誰かにとっての事実は異なる。そして事実を決めるのは結局のところ、これだ」

魔人はくるりと剣を回す。鋭利な刃が陽光にきらめいた。

「暴力の応酬が人の歴史だ。どんな綺麗事《きれいごと》で飾ろうとも、利害が一致しなければ、相手を力で屈服させることを選ぶ」

「お前たちもだろう」

「そうだ。だから――ほかに道はない」

魔人は力強く踏み込むと、フェリクスへと切りかかってくる。

（速い……！）

袈裟懸《けさが》けに放たれた一撃は、確実に重症を与えるべく首を狙っていた。

フェリクスは素早く一歩移動しつつ、剣で受け止める。激しい金属音が響いた次の瞬間には、相手が切り返していた。

咄嗟《とっさ》に距離を取り、脱いだ外套《がいとう》を投げて目くらましとするも、敵は意にも介さず距離を詰めてくる。

（……こいつ！）

雪上での動き方に慣れている。

雪に足を取られるため、フェリクスはいつもよりも足捌《あしさば》きがぎこちない。

積極的に移動するのをやめて剣で凌《しの》ぐようにするが、今度は体勢が崩れ始める。それを機に仮面の魔人は猛攻を仕掛けてくるようになった。

「この程度か！」

男は剣を振るうたびに激しさを増し、雄叫《おたけ》びを上げる。

金属音が響くほどに、フェリクスの足元は悪くなる。これ以上攻撃を受け続ければ、動けなくなる。

「その気ならば全力でいかせてもらう！」

フェリクスは銀の翼を広げ、一気に加速して魔人へと迫る。

剣と剣が接触し、加速の勢いもあってフェリクスが相手を押し倒した。

魔人がバランスを崩したところで、回り込むように移動。無防備な胴体を見据え、側面からの一撃を放つ。

（もらった！）

相手は、とても躱《かわ》せる体勢ではない。

フェリクスがそう思った直後、魔人はふわりと跳躍した。

雪を蹴ってできる動きではない。

フェリクスの直上に躍り上がった魔人を見上げれば、その背にはうっすらと輝く透明の銀の翼が生えていた。

実に軽やかな身のこなしだ。回避するためだけでなく、次の攻撃に繋《つな》がる都合のいい位置を取っており、攻防が一体となっていた。

「せぇい！」

鋭い刃が後頭部目がけて襲いかかってくる。

フェリクスは姿勢を低くして剣を回避した後、振り返りながら左手を振るった。その腕は銀の手甲《てっこう》に覆われている。

「食らえ！」

勢いよく叩《たた》きつけると、魔人にしかとぶつかる感覚があった。

全力で振り抜くなり魔人は突き飛ばされて、雪を撒《ま》き散らす。

視界が悪くなる中、敵の奇襲を警戒していると、漆黒の光を纏《まと》った暴風が吹き荒れた。

「くそっ……！」

フェリクスは咄嗟《とっさ》に距離を取る。

舞い上がった雪は次第に落ち着き、周囲の視界がよくなってくる。

魔人の姿はもうそこにはなかった。

周囲に目を向けるが、どこかに潜んでいるわけではない。ここから離れていく足跡が一直線についていた。

「……逃げたか」

フェリクスは剣を収める。

竜魔人の死体を見ながら、どうしたものかと思っていると、割れた仮面が落ちているのに気づいた。

「これはあいつのものか」

いたって普通の仮面だ。精霊の力が込められているとか、魔術が用いられているとか、そういう特別なものではないようだ。

もちろん、フェリクスには詳しいことはわからないのだが。

（無理に追う必要はないな）

知らない土地で動くことは危険が伴うため、慎重にならざるを得ない。なによりシルルカとリタも心配だ。

このままあの魔人を放っておくわけにはいかないが、捕らえるにしても他の騎士団員と協力したほうがいい。

こちらに来ているカルディア騎士団員たちに伝えるのが先だろう。

「さて、二人は心配しているかな」

フェリクスは急いでシルルカとリタのところに戻るのだった。

二人はそりの上で待っており、フェリクスを見つけると手を振ってくる。

「師匠！」

「団長さーん！」

「悪い、取り逃がした」

「まだなんとか追えますが、どうします？」

リタが狐耳をぴょこぴょこと動かす。

音を拾って追跡してくれていたようだ。

「いや、今はいい。町のほうに向かってるわけじゃないだろ？」

「はい。山の中に消えていきそうです」

「簡単に仕留められる相手でもない。今すぐ事件を起こそうという雰囲気でもなかったし、ひとまずはいいんじゃないか」

これまで戦ってきた魔人の中でも、傑出した剣士であった。

フェリクスが自分の剣を鞘《さや》から抜いてみると、刃こぼれしていた。長期戦になっていたら、剣が保《も》たなかった可能性もある。

「それにあの力が気になる」

「なにがあったんです？」

「透明な銀の翼を生やしていたんだ。飛んでいたわけじゃないが、動きは妙に軽やかで、飾りではなかったはず」

「以前、シルフ精霊域やセイレン海で魔物に生えていたものですか？」

「ああ。まさか魔人自体にも生やせるとはな」

「以前の襲撃にも、その魔人が関与していた可能性もありますね」

詳しいことはわからずじまいだが、仕方ないだろう。

話がまとまったところで、ポポルンがフェリクスの肩に乗ってくる。

「悪いんだけど、ちょっとお使いを頼まれてくれるか？」

「ポッポ！」

承諾してくれたので、ポポルンにはこちらに駐留している騎士団員のところへ向かってもらうことにした。

ぱたぱたと飛んでいく姿を見ながらフェリクスは、

（そういえば雪まつりのイベントの賞品は魚が多いんだったな。食べさせてやったら喜ぶだろうな）

などと労《ねぎら》うことを考える。

「それじゃあ行くか」

フェリクスは銀の翼を広げ、二人を乗せたそりを再び引き始めるのだった。

◇

シルルカとリタを乗せたそりが進むことしばらく。速度を出せたこともあって、あっという間に目的の町に辿《たど》り着いた。

町の入り口には精霊を模した雪像が飾られ、雪まつりの気分が盛り上がっている。

そりの上でずっと聞き取りをしていたリタは、すっかり冷えた狐耳を押さえていた。

「うぅ……耳が赤くなっちゃった」

「元からじゃないですか」

「はっ！　そうだった！」

「問題ありませんね」

「確かに！」

「それでいいのか」

すっかり流されてしまうリタであるが、本人が気にしていないならいいか、とフェリクスは町に目を向けた。

家々の前には、小さな雪だるまが飾られている。子供たちはかまくらを作ったり、雪合戦をしたりと楽しげだ。

シルルカとリタは雪まつりが楽しみでうずうずしている。

だが、その前にまずは仕事を片づけなければ。

「とりあえず、仮面の魔人について報告しておくか」

「そうですね。ポポルンだけに働かせても悪いですし」

第一報を入れたとはいえ、仔細はフェリクス自身が報告しなければなるまい。

もし仮面の魔人に奇襲されてしまったら、大きな被害が出る。情報を共有しておく必要があった。

しばらく町中を歩いていくと、カルディア騎士団の団員たちが泊まっている宿が見つかる。中に入ると、ロビーには彼らの姿があった。

「フェリクス団長、お疲れさまでした。ご無事でなによりです」

彼らは丁寧に頭を下げる。

諜報《ちょうほう》活動に長《た》けた第四騎士団「蛇蝎《だかつ》騎士団」の団員たちであるから、すでにあの魔人を探るために動いてくれているのだろう。

「あれから目撃情報はあったか？」

「いいえ。遠方の様子はわかりませんが、少なくとも近辺では異常ありません」

すでに周辺の町にいる騎士団員たちに情報は行き渡っており、仮面の魔人は山中を移動しているか、どこかに潜んでいるだろうとのことだ。

「さすがだな。実に手早い」

戦闘能力は高くないとはいえ、蛇蝎騎士団の面々は頼りになる。

しばらく話をすると、もうフェリクスがやることはなくなってしまった。

「銀翼騎士団の団員たちもこれくらいテキパキ働いてくれればなあ」

思わず呟《つぶや》いたフェリクスであるが、隣でシルルカが頬を膨らませる。

「むむ、こんなに働き者の私と一緒にいるのに不満だなんて、団長さんは贅沢《ぜいたく》ですね」

「うんうん。いっぱい師匠のお世話してるもんね」

「……俺が面倒を見てるほうが多くないか？」

フェリクスの突っ込みはシルルカの耳を素通りしていった。

「それはさておき、雪まつりではおいしそうなお魚がもらえるイベントがあると聞いたんですが、知りませんか？」

シルルカの問いに、蛇蝎騎士団の面々は顔を見合わせる。

「お魚、ですか？　残念ながら存じておりません」

彼らが申し訳なさそうに頭を下げる一方で、ちょうどロビーにやってきた銀翼騎士団の団員たちは耳聡《みみざと》く聞きつけてきた。

「雪まつりに行かれるんですか？　広場で告知されているので、一度見てみるといいですよ。シルルカさんにお勧めなのは、豪華お魚セットが賞品のイベントですね。もうそろそろ締め切りの時間なので、急いだほうがいいかもしれませんよ」

シルルカの狐耳がぴょんと立った。

「お魚セット！　団長さん、行きましょうよ！」

ぐいぐいと引っ張られて、フェリクスは動きだす。リタもまた、狐耳を動かして情報を集めつつ、「本当だ。行ってみようよ」とはしゃぐ。

「やっぱり、詳しい情報を得るには銀翼騎士団じゃないとダメですね」

にっこりするシルルカである。

（……仕事じゃなくて遊びの情報ばかりではないのか？）

フェリクスは銀翼騎士団の団員たちを見回して、曖昧に頷《うなず》くばかりだった。

宿を出て大通りを進んでいくと広場に出る。そこには掲示板があり、雪まつりに関する情報が張り出されていた。

それによれば、数日後に多くのイベントが開催されるらしく、賞品と締め切りが記載されている。

「どれどれ」

お汁粉作り体験、巨大滑り台、スケート大会……。誰でも気軽に参加できるものもあれば、本格的なイベントもあるようだ。

やがて眺めていたシルルカの狐耳がぴょんと立った。

「豪華お魚セット！　これです！」

シルルカが指し示すのは、氷像作りのコンテストだ。優勝すると、この地方でのみ取れる高級魚がもらえるらしい。

「氷像を作ったことはあるのか？」

「ありません！」

「ダメじゃないか」

「リタに任せてください！」

胸を張り、自信満々に告げるリタ。

「できるのか？」

「雪だるまを作るのは得意なんです！」

「ダメそうですね」

「そんなことないもん。ね、師匠？」

「まあ、こういうのは参加することに意味があるからな。リタが楽しく作れるならいいんじゃないか？」

「ほら、師匠も私なら作れるって言ってるよ」

「上手とは一言も言ってませんけどね」

呆《あき》れるシルルカである。

「とりあえず、登録だけはしておくか」

参加登録の締め切りは今日中だが、氷像の登録までは少し時間がある。その間に作ればいいのだろう。

もっとも、期限内に氷像を完成させられない人も少なくないようで、フェリクスたちも間に合うかどうか怪しいところではある。

登録所に行って話を聞いてみると、氷像作りの道具一式が借りられるとのことだった。制作のスペースとして、隣の倉庫も利用できるとか。

「道具を借りようか」

「そうですね。そのほうが楽ですし」

氷の塊を購入して倉庫に設置すると、リタが元気に名乗りを上げる。すっかりやる気に満ち溢《あふ》れていた。

「歴史に残る傑作にしちゃうんだから！」

リタは「うんしょ、よいしょ」と氷を削り始めるのだが――

「全然削れてないな」

「怪我《けが》しないでくださいね」

シルルカははらはらしながら見守る。

ちっとも削れない氷を見つめていたリタは、一つ気合いを入れる。

「ふう。これはまだ序の口です。真の実力を見せちゃうんだから！　クーコ、お願い！」

「いや、さすがに自分でやれよ」

思わず突っ込むフェリクスである。

「この氷を削るんだよ。頑張ろうね、クーコ」

呼び出されたクーコは、リタがあれこれと指示を出すのを聞きつつ大きな欠伸《あくび》を一つして、後ろ足で耳の後ろをかいていた。

「――というふうにやるんだよ。わかった？」

「くぅー」

クーコは勢いよく炎を噴き出す。

氷はみるみるうちに姿を変えていき――

「水たまりになったな」

「これが『歴史に残る傑作』ですか。……お魚は無理そうですね。残念です」

しょんぼりするシルルカ。

なんとかしてやりたいと思うフェリクスである。

水たまりを呆然《ぼうぜん》と見つめているリタの肩をぽんと叩《たた》き、堂々と告げる。

「俺に任せておけ」

いつも頼りになる銀翼騎士団団長の言葉に、二人の狐耳がぴょんと起き上がった。

どんな強敵であれど、必ず打ち勝ってきたフェリクスである。今回のコンテストも勝ってくれるはず――

二人の期待を背負いながら、フェリクスは剣を振るう。

次々と氷が削られて、大雑把《おおざっぱ》ながら形が作られていく。

「わあ、師匠すごいです！」

「やりますね、団長さん！」

そしてできあがったのは――

「なんですかこれ」

四つ足のなにかである。

「どこからどう見てもケモモンだけど」

「団長さんの自刻像かと思いました」

「足四本あるんだけど⁉　どこを見て俺と判断したんだよ！」

「そもそも普通の人はケモモンを知らないので、通じないんじゃないですか？」

あの守護精霊はほかには存在していないのだ。

おそらく世界に一頭しかいないのではないかと言われており、分類ができないから「獣」くらいしか情報がない。

似ていないケモモン像を見つめながら、シルルカはぽつりと呟《つぶや》く。

「団長さんのセンスに任せたのが失敗でしたね」

「やっぱり、リタがやるしかないんですね」

「ひどい言われようだ。というか、リタよりはいいだろ」

形になっただけでも、水たまりよりマシだ。

とはいえ、これでは優勝は夢のまた夢。

「今日は諦めて観光でもしましょうか」

勝機もなさそうなので、そういうことになった。

◇

真っ白な町を歩き回ったフェリクスたちは、公園で一休みすることにした。

ここが雪まつりの会場になるらしく、作りかけの雪像があちこちに見られ、大勢の人々が作業している。

出店の準備も進められており、本番に向けて皆が張り切っていた。

「師匠、いい匂いがします！」

「ちょっと気が早い店もあるみたいだな」

小走りになるリタを追いかけて甘い匂いを辿《たど》っていくと、大きな寸胴鍋《ずんどうなべ》から湯気が上っているのが見えた。

甘酒やお汁粉、燗《かん》をしたお酒など、体が温まるものが売られている。

「雪像を見ながら飲むにはちょうどいいな」

「まだ一つも完成してませんけどね」

「じゃあ百貌はいらないの？　私と師匠の分だけ買ってくるね」

「雪像を見ながら飲みたいのは団長さんだけですから、いらないのは団長さんの分ですね。私は普通に飲みたいです！」

「俺の財布を握ってなに言ってるんだ。というか、制作途中のものを眺めながら飲んだっていいだろ」

「確かに団長さんから見たら完成品も制作途中でもあんまり変わりませんからね」

反論しようとするフェリクスであるが、先ほどのケモモン像を思い出して、

（確かに）

と納得してしまうのだった。

そうして飲み物を購入した三人は、雪で作られたベンチに腰かける。

熱々の甘酒をすすると、優しい味が口いっぱいに広がり、じんわりと体の中から温まってくる。

「やっぱり、寒い日は甘酒に限るよな」

「ぽかぽかになりますもんね」

「甘くておいしいよね」

すっかり冬の寒さを吹き飛ばしてくれる。

一息ついてから、フェリクスは切り出した。

「さて、本題なんだが――」

「お魚がたくさん南下してきているって話でしたね」

「本番の出店が気になるね！」

「そうそう……いや、そっちじゃなくて寒冷化や大精霊の話なんだが」

それを調べるために、わざわざこの国までやってきている。

雪まつりに参加するために来たわけではないのだ。

「なにかめぼしい情報はないか？」

尋ねると、リタは狐耳をぴょこぴょこと動かし、自慢の聴力を発揮して情報を集めてくれる。少しうんうんと唸《うな》ってからピンと耳を立てた。

「えっと、アイシー地方の話ならあります」

「というと？」

「向こうではいまだに竜魔人との戦いが続いているそうです。すごく寒いので、亡くなる人も増えているらしいです」

竜魔王が倒されたといえども、個人的な遺恨《いこん》まで消えるわけではない。小競り合いは簡単にはなくならないだろう。

「アイシー地方か。あそこは本当に寒い土地だったな」

フェリクスはかつて訪れたときのことを思い出す。

当時、彼がいた夜嵐騎士団は壊滅の憂き目に遭った。何年たっても、忘れることなんてできやしない。

リタはそんなフェリクスを見つつ続ける。

「その戦いはお姫様が主導しているそうです」

「この国の将軍は王族がなることになっていますから、それはそうでしょうね」

「でも、ほかの王族と違って、竜魔人との戦いにすごく熱心だそうです」

将軍といえども、形式上指揮する立場にあるだけで、実戦にはあまり関わらない者も少なくない。

戦いを主導しているとなれば、かなり少数派だろう。

「そのお姫様――ディーナ姫も昔は戦いからは遠ざかっていたみたいですが、数年前から人が変わったように竜魔人との戦いに身を投じるようになったそうです」

その冷酷な戦いぶりや、幾度刃《やいば》が折れようとも敵を切り、さらには血を凍らせて刃として敵を殺したことから「冷血将軍」とのあだ名がついたくらいだ。

竜魔人にとっては恐怖の象徴になっている。

（ディーナ姫か。どこかで聞いたような……）

その名にはなんとなく聞き覚えがあったが、これといった印象もなく、思い出すことはできなかった。

それから、竜魔人との戦争を続けている理由を考える。

「敵対感情だけが理由の可能性もあるが、その土地を守り抜きたい特別な理由があってもおかしくないよな」

「今回の一件にも関与している可能性はありますね。もっとも、あの土地は以前から民族問題でゴタゴタしていますが」

「そして氷の大精霊がいると言われている場所でもある」

その居場所は特定されておらず、本当にアイシー地方にいるかどうかは不明だが、大精霊に会いに来た以上、いずれ調べることになるだろう。

「ディーナ姫は亡くなった恋人のために戦っているという噂《うわさ》もあるそうです」

「……そういう人も少なくないだろうな」

長らく続いた戦争は、数多《あまた》の命を奪った。

彼女の戦いは、竜魔王が倒された今も続いているのだろう。

それからはめぼしい情報がなく、恋人がいったい誰なのか、といった浮いた話をしていたリタだが、ふと口を噤《つぐ》んだ。

なにか重大な話でも聞きつけたのかと思いきや——

「師匠がいっぱいいます。分身しています！」

突然、そんなことを言い始めた。

フェリクスはシルルカを見る。

「いつの間に幻影の魔導を使ったんだ？」

「使っていませんよ。酔っ払ったんですね」

シルルカはリタのカップを示す。

そこに入っていた甘酒は、すっかりなくなっていた。

さほど酒精が強いものではないが、リタはふわふわな気分になってしまったようだ。

「なんだかいい気持ちです。えへへ」

リタはふらふらとフェリクスにもたれかかった。

調査にはリタの耳が欠かせないが、こうなっては真面目な話などできそうもない。

「とりあえず、宿に戻りましょうか」

「話の続きは後日だな」

フェリクスはふにゃふにゃになったリタを背負う。

そして数年前の冬を思い出しながら宿に向かうのだった。

◇

雪まつりの当日、昼下がりに氷像コンテストの結果が発表される。

フェリクスたちのエントリーナンバーは最後だ。登録が一番遅かったのである。

「期限に間に合ったんですね」

「まあな。期待してくれよ。勝算はあるぞ」

「お魚、楽しみにしていますね」

シルルカは微笑《ほほえ》む。

町に着いた日にフェリクスが作ったものしか見ていないため、たいして期待しているわけでもないようだが、彼の努力は認めているのだろう。

観客席の後ろのほうに座りながら、三人はステージを眺める。

今はクーコもシルルカの膝に乗っており、ポポルンもフェリクスの肩の上にいる。興味があるのは他人の制作物よりも賞品のお魚だろう。

ステージ上には次々と氷像が運ばれて、拍手で迎えられる。

精霊を模したものが多く、その中でも大精霊がよくモチーフに選ばれている。羽があったり槍《やり》を手にしていたり、姿形は異なるが、どれも見事な出来映えだ。

「素人《しろうと》のコンテストと思っていましたが、本格的ですね。本当に勝算があるんですか？」

「見ればわかるさ」

物怖《ものお》じしないフェリクスである。

ここまで自信のある様子を見せられては、シルルカとリタも信じざるを得ないが、運ばれてくる氷像には、下手なものなど滅多にない。

ちょっぴり不安そうにシルルカの尻尾は揺れていた。

そして最後にフェリクスの番になる。

「どんなのが来るのかな？　わくわく！」

リタは素直に楽しみにしていた。

やがて布で覆われた氷像が運ばれてくる。司会者は制作者の紹介を始めた。

「エントリーナンバー二六番！　ポッポ鳥のポポルンさんの作品です！」

バッと布を取り払うと、現れたのは見事な氷像であった。

火の精霊マンダーを模したもので、その表現は力強く、繊細さも持ち合わせていた。氷像にもかかわらず熱すら感じられるほどだ。

皆が感動のあまり息を呑《の》む中――

「作ったのは団長さんじゃないのに、なんであんな自信たっぷりだったんですか。……前にリタさんに自分でやれって言ってませんでした？」

「いや、その……試しにやらせてみたら見事な出来映えだったから、つい」

「ポポルン、すごいね！　すごい！」

リタに褒められて照れるポポルン。

「本当にすごいですよね」

シルルカもリタも、もはやフェリクスのほうなど見ずに、ポポルンの相手をしている。

「一応、俺も氷を削るのを手伝ったんだけど」

そんなフェリクスの言葉は、風に攫《さら》われて消えていく。

やがて審査が行われ、ポポルンは見事に優勝賞品を手に入れたのだった。

◇

氷像コンテストを見終わった一行は、魚のつまみなどの手軽に食べられるものを口にしつつ、雪まつりを楽しむ。

「あ！　スケートリンクがあるよ！」

誰でも利用できるらしく、リタはぱたぱたと駆け寄っていく。

一緒にやろうよ、と急《せ》かされて、フェリクスとシルルカも彼女を追っていく。

「華麗なとこ、見せちゃうんだから！」

早速、リタは靴を借りて履き替えると、スケートリンクに滑り出た。

氷の上で手足と尻尾をばたばたさせるリタ。彼女のイメージの中では、優雅に舞っているのかもしれない。

が、どういうわけかリタは後ろ向きに滑っていく。

「わあ、リタさん上手ですね」

「はわわ！　師匠、助けて！」

「ったく、仕方ないな」

リタが転びそうになると、フェリクスはさっと飛び込んで彼女の腰を抱きかかえる。

それを見たシルルカはすーっと彼のところまで滑ってきて、

「あーれー」

ピタリと隣で止まった。元々たいした速度も出ていない。

じっと見てくるシルルカに、フェリクスは尋ねる。

「……どうした？」

「転びそうです」

「全然そうは見えないんだが」

「今にも倒れそうです。ほらほら、助けてください」

シルルカが尻尾ではたいてくるので、フェリクスは彼女の手を取る。にっこりと微笑《ほほえ》むシルルカであった。

三人が仲良く楽しむ一方で、放置された豪華お魚セットはポポルンとクーコの胃袋に消えていく。

しばらく楽しんでいたリタであるが、

「うぅ……この靴、おかしいです。ふらふらします！」

うまく滑れないのを靴のせいにし始めた。

「ヒモが緩いんじゃないか？」

フェリクスはいったんリンクの外に出て、リタの靴紐《くつひも》を結び直してやる。

リタはその場で足踏みしてご満悦だ。

「これなら大丈夫に違いありません！」

「焦らなくてもいいさ。ゆっくり楽しもう」

フェリクスがリタの手を取ると、反対の手をシルルカも掴《つか》む。二人に支えられながら、リタは滑り始めた。

「えへへ」

転びそうになることもなく、引っ張られていくリタである。

彼女は嬉《うれ》しそうに、二人の手をぎゅっと握るのだった。

スケートを満喫したフェリクスたちが戻ってきたときには、ポポルンとクーコの姿はな

く、空になった袋があるばかり。

「あー！　私のお魚！」

「クーコ、全部食べちゃったんだ!?」

「バレる前に逃げたんだな」

クーコが近くにいる気配は感じられない。

ショックを受けたシルルカであるが、すぐに気持ちを切り替える。

「まあ、仕方ありませんね」

「珍しく諦めがいいな」

「ポポルンの優勝賞品ですからね。団長さんの賞品なら、遠慮なくいただきますが」

「いや、俺のでも遠慮してくれよ」

苦笑いするフェリクスであった。

それから彼らは気を取り直して、雪像などの展示物を見て回る。

氷でできた建物がいくつかあるが、その多くは大精霊が住まう城を模したものだ。言い伝えによって異なる建築様式が、それぞれ再現されている。

中に入ることも可能なので、覗《のぞ》いてみることにした。

「中は意外と暖かいものですね」

「外気が入ってこないからな」

氷の壁に触れるとひんやりするが、風がないため寒くはない。

リタは中を見つつ、小首を傾《かし》げる。

「ねえねえ、なんで大精霊様のお城の内部の造りがわかったのかな？　普通の人は中に入れないんだよね？」

「ごく稀《まれ》に、招かれる人がいるそうですよ」

「本当？　私が行ったら歓迎してくれるかな？」

「リタさんは平民ですし、お行儀も悪いので無理じゃないですか」

「そんなことないよ。高貴なお姫様とだって、仲良くなれちゃうんだから」

「なに言ってるんですか。貴族に会った経験すらないじゃないですか」

呆《あき》れるシルルカである。

二人の会話を聞いていたフェリクスは、かつて大精霊の城に招かれたという銀翼騎士団の一員を思い出す。

「ヴォークもこっちに来てるんだろ？　だったら、彼に聞いてみればいい」

「どうせ凍死寸前に見た幻ですよ。あの人の発言は当てになりませんし、なにより彼が城を見つけられていたら、私たちはこの国に来ていませんよ」

「そうは言うが、ほかに情報源もないからな。一応、当時の情報に矛盾はなかった」

「そういえば、最初に彼の話を確認したのは団長さんでしたね」

「ああ」

ヴォークを銀翼騎士団に誘ったのもフェリクスである。

いずれにせよ、ヴォークもこちらで調査しているのだから、そのうち合流することになるはずだ。

氷の城を探検していると、最奥に大精霊の氷像があった。

その美しい女性像の背には、大きく広げた翼がある。

「これは……」

「団長さんの翼に似ていますね」

「そっくりだ。どういうことだ？」

たまたま似通ってしまっただけかもしれないが、フェリクスにはこれが偶然とは思えなかった。

「大精霊と精霊王を混同して伝わった、とかでしょうか」

「その可能性はあるが……だとすれば、精霊王を知っていたことになる」

セイレン海の大精霊の話によれば、精霊王はすでに亡くなっている。

数百年前の内容がそのまま伝わっている可能性はあるが、精霊王降臨の地である国――

精霊王について一番詳しいはずのオルヴ公国で見た芸術作品ですら、造形は誤っていた。

そう考えると、この氷像の翼はいったいなにをモチーフにしたのかが疑問である。

「やはり大精霊について調べるべきだな」

「そのために来たわけですからね」

とはいえ、この観光地では正しい情報など得られないだろう。

城を出たところでポポルンがやってきた。いつの間にか、定期的な連絡のために働いてくれていたらしい。

（……逃げたなどと疑ってすまんかった）

内心で謝罪するフェリクスであった。もちろん、ポポルンがお魚を残さず食べてしまったのは間違いないのだが。

手紙を受け取ると、フェリクスたちへの指令が書かれている。

「北の町で先遣隊と合流しろ、だそうだ」

「なにか見つかった様子ですか？」

「銀霊族らしき人影を見かけたが、ほかに手がかりもなく、調査はちっとも進んでいないようだな」

「そこでリタの出番というわけですね！」

元気よく手を上げるリタ。

彼女の耳があれば情報もたくさん集まるだろう。それを当てにしているのは間違いない。

「期待してるぞ。リタが頼りだからな」

「はい！　任せてください！」

リタは胸を張り、尻尾を伸ばして大きく見せるのだった。

手紙を読み進めていくと、北のアイシー地方では竜魔人との争いがこれまで以上に激化しており、銀霊族が混乱に乗じてなにか仕掛けてくる可能性もあるとのことだ。

いずれそちらを調査する必要も出てくるだろう。

フェリクスはアイシー地方という文字を見つめていたが、ゆっくりと顔を上げて、二人に向き直る。

「よし、行くか」

「そうですね。さっさと見つけ出して、暖かいお城に帰りましょう」

「大精霊様に会うの、楽しみだね！」

三人はさらに北へと旅立つのだった。

幕間《まくあい》　カザハナ公と白銀の誓い

第三十四代カザハナ公爵の長子アール・カザハナは、歴代最高の才を持つと言われていた。

わずか十五歳にして政治学を修めており、この国で重要視されている精霊学についても造詣が深かった。剣を取らせれば手練《てだ》れの兵にも引けを取らず、魔術を用いれば国内で右に出る者はいないという。

彼の名は国内中で知られており、次期公爵として期待を寄せられていた。

そのアール・カザハナはこの日、父である公爵に呼び出されていた。

「父上、お呼びでしょうか」

彼の私室を訪れると、公爵はたった一言だけ「ついてきなさい」と口にする。寡黙《かもく》な彼のことだから珍しい反応ではないが、今日は少し様子が違うように思われた。

それから二人は地下室に向かう。そこは倉庫として使われており、あまり人は立ち入らない。

こんなところになんの用があるのだろうか。

アールが疑問に思っていると、カザハナ公爵が手をかざし、眼前に守護精霊である大鷲《おおわし》が現れた。

歴代の公爵は皆、白銀の守護精霊を持つことで知られており、その例に漏れず、この大鷲も美しい白銀の翼を誇っていた。

今やこの守護精霊はカザハナ国の平和の象徴とも見なされている。それくらい、彼の統治下は戦争もなく平和な時世であった。

「開けてくれ」

公爵の命令の下《もと》、白銀の大鷲が壁に触れた途端に白銀の光が壁に走り、亀裂ができて左右に割れていく。

向こうに現れたのは祭壇だ。

薄暗く狭い一室には、ただそれだけが鎮座していた。

アールは不思議に思い、父に目を向けた。いったい、ここはなんなのかと。

隠し部屋があるなどという話は、一度も聞いたことがなかった。

父は祭壇を見つめたまま語り始める。

「代々、正統なカザハナ公爵家の継承者は、守護精霊も引き継いできた」

その言葉の意味するところは明らかだ。

アール・カザハナを次の公爵として認めるということだが、父はまだ年老いてはおらず、怪我《けが》で戦場に赴けないわけでもない。

代替わりの話が出るには、少々早すぎるように思われた。

「父上、なぜ今、そのようなお話をされるのでしょうか」

「東方から竜魔人どもが迫ってきている。考えたくはないが、万が一のときに備える必要がある」

このとき人類は竜魔王と戦争中であり、東寄りの土地にあるカザハナ国は真っ先に攻められる可能性があった。

だが、理由はそれだけではない。

「カザハナ公爵家の祖は、花の大精霊により守護精霊を託されたことに始まったと言われている」

口伝《くでん》ゆえにうまく伝わらなかったところも多く、花の大精霊が実在したかどうかも怪しいが、守護精霊が重要な存在であることだけは確かだそうだ。

「近頃は怪しい動きをしている竜魔人もいるという。どこかでこの守護精霊の話を聞きつけた可能性もある。それが事実ならば私は狙われるだろう」

現カザハナ公爵は温和な人柄で民からも好かれていたが、武芸や魔術の才能はなかった。

敵に襲撃された際、生き延びられる可能性はアールのほうが高く、あらかじめ守護精霊を継いでおいたほうがいいという判断だろう。

アール自身も合理的に考える節《ふし》があったため、素直に頭を下げた。

「わかりました。その役目、承りましょう」

「このことは、決して口外してはならぬぞ」

それは守護精霊を守るのみならず、アール自身を敵から守ることにも繋《つな》がろう。

逆に言えば、当代カザハナ公爵は代々伝わる守護精霊という力を失い、敵に身を晒《さら》すことにもなる。言わば囮《おとり》だ。

しかし、公爵としての誇りと責任感からか、彼はまったく気にする様子はなかった。いや、口にはしないだけで、悩みはあったのかもしれないが、アールには負担をかけないように振る舞っていた。

公爵はアールに向き直る。

「二つ約束してくれ」

「なんなりとお申しつけください」

カザハナ公爵として父は、アールに思いを託す。

「このカザハナを守ってくれ。決して悪しき者に我らが守護精霊を渡してはならぬ」

アールは頷《うなず》き、約束を交わす。

「必ずやこの国を、父上から受け継ぎし守護精霊を、そして――」

そこにもう一つ約束をつけ足した。

父は一瞬驚いたが、すぐに優しげな顔になる。

「そうだな。頼んだぞ」

アールは深く頭を下げた。

そしてカザハナ公爵が祭壇に触れると、白銀の大鷲《おおわし》は消えていく。

続いてアールが手を触れた途端、祭壇からまばゆい光が溢《あふ》れ出し、それはゆっくりと自身を形作っていく。

これが彼の守護精霊との最初の出会いであった。

第十四章　疾風《しっぷう》騎士と花巫女《はなみこ》の国

ジェレム王国を離れた東の地。

アッシュとキララは、ケモモンに乗ってカザハナ国へ向かっていた。

「いつもより調子がいいですね、ケモモン」

白銀の毛で覆われた四足獣はせっせと足を動かし、草原を駆けていた。

アッシュが言うので、キララはそんなケモモンをまじまじと眺める。

「いつもと同じに見えるけれど」

「そんなことないですよ。この毛並みを見てください。実につやつやです。歩幅もいつもより大きく、力強くて軽快です」

「そ、そうね」

キララにはさっぱりわからなかったが、アッシュが真剣な顔で言うのでそういうことにしておいた。

しばらくしてカザハナ国に到着する。

穏やかな風、柔らかな日差し、花々が咲き誇る豊かな国であったが、今は吹きつける風は冷たく、花もあまり咲いていない。

　普段は冬でも暖かく、花の精霊たちで賑《にぎ》わっているというのに。

「寂しい光景ね」

「花の精霊たちはどうですか？」

「あまりいないわ。この気温じゃ、なかなか人前には出てこないみたい」

　花が咲いていなければ、精霊たちが立ち寄ることもないのだろう。

　なんにせよ、久しぶりに来たこともあって、カザハナ国の内情についてはほとんどわからない。

「まずはこちらの状況について、聞いてみますか」

　アッシュたちは近くの町を訪れる。

　西寄りの土地はそれほどひどい戦火に見舞われることもなかったため、数年前と目立った変化はない。

　町で印象的なのは、どの家にも植物が植えられているということだ。蔦《つた》の這《は》っているレンガの家もあれば、広い花壇に花を咲かせている家もある。

　そういうところには、花の精霊も立ち寄っている。この国では、花と暮らすことで精霊が幸せを運んできてくれると信じられていた。

　やがて話し好きそうな中年女性のいる青果店を見つけ、アッシュはそちらに向かう。

色とりどりの果実が並んでいて、つい目移りしてしまう。

「どれもおいしそうね」

キララが楽しそうに眺める隣で、アッシュは店員の女性に話しかけた。

「数年ぶりにカザハナに来たのですが、今年は随分と寒いですね」

「そうねえ。嫌になっちゃうわ」

女性はアッシュとキララを眺める。

若い男女が楽しげにしていれば、なんとなく雰囲気から関係は察せられる。

「お二人は旅行かしら？」

「ええ、そんなところです。以前こちらに住んでいたので、少し懐かしくなってしまいまして」

アッシュはそんな雑談から本題に繋《つな》げる。

まずはカザハナの現状について聞いておきたい。

「ここ数年の間に、なにか変わったことはありましたか？」

「一番大きな変化はやっぱり、公爵様のことかしらね」

かつてこの地を治めていた公爵は、竜魔人の襲撃を受けて亡くなった。

屋敷は焼かれ、町のあちこちは焦土となり、領内は荒れ果てた。あまりのひどさに土地を捨てて逃げ出した領民も少なくない。

公爵領は大混乱に陥《おちい》ったが、今ではゆっくりと復興しつつあるという。

「そういえば、新しい公爵様が来たそうよ。正統な後継者らしいわ」

その人物は一昨年頃にやってきたそうだ。

ここは辺境の町だから詳しい話は流れてこないけれど、と女性は笑う。

「復興で大変なのもわかるけど、税金がきついのよねえ……」

ため息をつくが、彼女の話はすぐに変わる。

生活の愚痴に始まり、旦那の遊び癖がひどいだの、近所の犬がうるさいだのと取り止めもなく語る。

あまり有益な情報はなかったので、キララが「これをください」と、バスケット一杯のリンゴを買ったのをきっかけに、アッシュは店を出るのだった。

二人は人気《ひとけ》のない裏路地にやってくるなり顔を見合わせる。

「偽物ですね」

「偽物ね」

二人の意見は一致する。

「公爵家の者は皆、あのとき亡くなりました。生き残っているはずがありません」

アッシュは目を伏せる。

キララはそんな彼を無言のまま見つめていたが、アッシュが顔を上げたところでそっと尋ねた。

「どうするの？」

「放っておくわけにもいかないでしょう。実害も出ているようですから」

「それでこそアッシュね」

キララは褒めるように言うが、アッシュは嫌そうな顔をして答える。

「この件は私にも責任があるので、状況を確かめる必要があると感じただけです」

「そう言いつつ、領民のことを思っているのよね」

「……最近のキララさんは、シルルカさんやリタさんに影響されてきましたね」

アッシュはため息をつくのだった。

寒冷化の原因に加えてこの件を調査するのであれば、公爵が住む町で情報を集めたほうが手っ取り早い。ケモモンの足ならあっという間に到着するだろう。

しかし、アッシュはキララの様子を見て、

「今日はこの町で一泊しましょうか」

と提案した。

ジェレム王国を出てからずっと、休まずにここまでやってきたから、疲れも溜まっているだろう。

キララは意外そうにアッシュを見る。

「あら、アッシュにも優しいところがあるのね」

「いつも優しいですよ」

「そうかしら？」

「ええ。ケモモンには無理させないようにしてますから」

「そうね、いつも『ケモモンには』優しいわ！」

走りっぱなしのケモモンをいたわるアッシュに、呆《あき》れるキララであった。

そんな二人はしばし町の中を歩く。

中心街に近づくにつれて、小さな庭園が見られるようになってきた。そこは花の精霊たちが集まる場所で、賑《にぎ》やかな気配が感じられる。

「カザハナの庭園を見るのも久しぶりね」

キララは精霊たちが遊ぶ姿に眼を細める。

そしてときおり、彼らに語りかけるのだ。

「綺麗《きれい》な花ね」

精霊たちはキララにどう反応しているのだろうか。なんと答えているのだろうか。

アッシュはすぐ隣にいながらも、キララが見ているものも聞いている声も、知ることすらできない。

幼い頃からずっと、同じ場所で違う景色を見てきた。

キララは通行人が近くに来ると、ふと口を噤《つぐ》んだ。もう幼い頃と違って、人前で精霊と話をしないくらいの分別はある。

「話していてもいいですよ」

「世間体とか、いろいろあるじゃない？」

「近所でもありませんし、誰も知人はいませんよ」

「それでも、いい気持ちじゃないわ」

幼い頃、町の子供たちはキララのことを不気味そうに見ていたし、大人たちも直接口にはしなかっただけで同じように思っていただろう。

そうした雰囲気は子供ながらに感じていた。

けれどアッシュは今も、キララには普通の態度で接する。

「私は気にしませんよ」

思えば、アッシュは幼い頃から、キララが精霊と話をしていても気味悪がったり、からかったりすることはなかった。

（普通に接してくれたのはアッシュだけ――）

「キララさんがおかしいのはいつものことですし」

「ろくでもないこの口のことを忘れてたわ！」

せっかくアッシュのことを見直したというのに、口が悪いせいで台無しだ。

アッシュの口元を引っ張ったまま歩いていくと、ひときわ大きな庭園が見えてきた。

「この町一番の庭園みたいね」

「寄っていきますか？」

「あら、誘うのが私でいいのかしら？」

「どういうことですか？」

「前に言ってたじゃない。『レイア様と庭園でのひとときを過ごせたら、なんと素敵なことでしょうか』って。そんなふうに口説いていたこと、忘れてないからね」

オルヴ公国を訪れたとき、貴族の娘レイアに言っていた台詞《せりふ》だ。

「まだ気にしてたんですか。あれは仕事です」

「じゃあ、このお誘いはプライベート？」

キララがじっと覗《のぞ》き込むと、アッシュはぷいとそっぽを向いた。

「嫌なら無理に行かなくてもいいですよ」

「素直じゃないのね」

「キララさんほどではありませんよ」

「仕方ないわ。精霊たちが寄りなさいって言うから、付き合ってあげる」

キララはアッシュの手を引っ張っていく。そうして素直じゃない二人は、揃《そろ》って庭園に向かうのだった。

花のアーチをくぐると、その向こうには鮮やかな花が咲き誇っている。

赤、黄、白と、色とりどりの花がきちんと植えられており、遠くからは模様のようにも見える。

しかし、それでも満開の季節と比べれば見応えはないのだろう。今は寒く、現地の人たちにとってはいい季節ではないようで、人の姿はまばらである。

心地よい香りが漂っており、気持ちが落ち着く。隣にいるアッシュの表情も、いつもより穏やかに見える。

「……どうかしましたか？」

じっと見ていたことを、気づかれていたようだ。

「アッシュは楽しめてるのかなって」

「ええ、とても楽しいですよ」

「それならよかった」

仕事一辺倒の彼だから、気分転換になるといい。穏やかな庭園のひとときは戦いの疲れを癒やしてくれるだろう。

可愛らしい花々に囲まれながら、キララはアッシュの手を離さずに歩くのだった。

しばし庭園を堪能した後、二人は併設されているカフェに足を運ぶ。

テラス席に座って一休み。木製のテーブルと椅子はお洒落《しゃれ》で、自然豊かな庭園によく馴染んでいた。

　今日は天気もよく、昼下がりにもなれば日差しが心地よい。冷たい風は生け垣に遮《さえぎ》られて、二人のところにはあまり吹いてこない。

「平和ね」

「ええ、まったくです」

　こうしていると、魔人との戦いのことなど忘れてしまいそうになるけれど、精霊たちの会話を聞いていれば、嫌でも思い出される。

「北のほうに行くほど寒くなっているそうよ。精霊の力も影響しているみたい」

「氷の大精霊が関与している可能性がありますね。この一件が片づいたら、行かざるを得ないでしょう」

　二人の楽しいひとときはいつまでも続くわけではない。それでもキララは今の穏やかな時間を少しでも長く、と願うのだった。

　キララは花々を観賞しながら、白磁のカップに注がれた紅茶を堪能する。上品な香りは、この空気によく合う。

　アッシュはキララの姿をまじまじと眺める。

「黙っていれば淑女に見えなくもないんですがね」

「……いつでも淑女だけど？」

「淑女はそんな台詞《せりふ》は口にしませんよ。……まあ、淑女ということにしておきますが」

「うるさい口ってこと？　アッシュには言われたくないんだけど」

「そうは言っていませんよ。おしとやかじゃないのがキララさんらしいですねと褒めたんです」

「あら、そう。……って、褒められてないんだけど！」

怒るキララを見て微笑《ほほえ》むアッシュであった。

やがて彼は仕事のことを考え始め、ケモモンを呼び出して尋ねた。

「明日は公爵家の屋敷に向かおうと思います。移動をお願いできますか」

ケモモンは相変わらず一言の返事もなく、ぼーっとアッシュを見ているばかり。

そんな時間がしばらく続くも、アッシュは頷《うなず》いた。

「ありがとうございます」

「……ねえ、今のどこに会話があったの？」

「わからないんですか？　ケモモンの目を見れば明らかでしょう」

「ケモモンの目、毛に隠れてて見えないんだけど」

キララは呆《あき》れつつも、バスケットからリンゴを取り出してケモモンの口元に持っていく。乗せてもらうお駄賃代わりだ。

その獣はゆっくりとした動きでリンゴを咥《くわ》えると、咀嚼《そしゃく》を始める。

間近で眺めていても、おいしいのかおいしくないのか、キララにはさっぱりわからない。そしてやっぱり、毛に覆われて目は見えなかった。

ケモモンとは何年もの付き合いになるが、いまだにこの獣のことをキララはなにも知らないのだと改めて実感する。

「そういえば……アッシュはいつケモモンと契約したの？」

「私が家督を継ぐことが決まったときですから、五年前ですね」

「……そのときに契約したとは、教えてもらってないんだけど」

「知らないほうがいいこともあるかと思いまして」

「なにそれ」

キララは不満げだが、アッシュは笑って誤魔化す。

「まあ、ミステリアスなところもケモモンの魅力ですから」

「ただ無口なだけよね」

キララはケモモンに視線を向ける。

いつしかリンゴのバスケットは空になっていて、ケモモンは大きな欠伸《あくび》をしているのだった。

◇

翌日、アッシュとキララはケモモンに乗って公爵の住む町に向かっていた。

その町はカザハナ国の中でもとりわけ庭園が多く、そこかしこで花の精霊たちの声が聞こえるのが特徴だった。

もっとも、多くの住民たちには精霊の声も姿もわからないのだが。

「見えてきましたね」

二人が生まれ育った町が近づいてくる。

しかし、その光景は記憶の中にあるものとはまるきり異なっていた。

町を取り囲むように作られた巨大な生け垣は、以前とは異なる植物が用いられている。

戦火で焼けてしまったからだろう。

背後にそびえる山の麓《ふもと》には公爵が住まう大きな屋敷があるが、まったく見覚えのない建物に変わっていた。

「ねえアッシュ――」

「全焼しましたからね。建て直したのでしょう」

公爵を名乗る者が住むために新しくしたのだろう。

とはいえあの戦が夢だったわけではない。目を凝らせば、屋敷の周囲にはまだ焼け跡が見える。ただの悪夢だったならどれほどよかったか。

「町はどうでしょうか。戦火を逃《のが》れた建物もあったはずですが」

町の近くに到着すると、ケモモンから降りて二人は歩き始めた。

キララはなにも言わず、彼についていく。

生け垣によって作られた緑の門をくぐると、新築の建物ばかりであるが、ところどころに懐かしい光景があった。

「あ！　あの看板、見覚えがあるわ！」

料理店の前には、店名が書かれた看板が置かれていた。

幼い頃、精霊と話すキララは町の子供らに気味悪がられていたから、ほとんど町には来なかったのだが、アッシュと買い物に来たことがあった。

懐かしく眺めていると、隣のアッシュが笑う。

「キララさんが落書きしたんですよね」

「塗り直すから、好きにしていいって言われたの」

「どうしても、とキララさんがせがんだからだったと思いますが……」

「私じゃなくて、町の子たちがやってたのよ」

たまたまその現場に居合わせただけで、自分がことの発端ではなかったはず。

彼らは今どうしているだろうか。キララは名前すら知らない者たちを思い出す。

「意地悪な子に、ペンキをつけられたのよね」

そんな思い出も、今となっては遠い昔のことだ。

看板は塗り直されて、かつての落書きはもうありはしない。店の中では見覚えのない店員たちがせっせと働いていた。

それから二人は町の中を歩いていく。

多くの思い出が新しい町並みに塗り替えられていた。

裏路地に入ると、レンガ造りの家には焼けた跡が見られる。壁は植物に覆われて汚れも目立たないが、ほったらかしにされているのかもしれない。

「探検だと言って、キララさんが走っていったのを思い出しますね」

「アッシュが特別に子供心がなかっただけで、私がやんちゃだったわけじゃないからね」

「そのキララさんの冒険心のせいで、悪い大人に絡まれてしまいましたが」

「ふふ、でもアッシュは守ってくれたじゃない」

「成り行きですよ。キララさんが怪我《けが》したら私まで怒られますし」

「素直じゃないのね」

キララは「いつもありがと」と囁《ささや》き、アッシュは困ったように頬をかいた。素直なキララに対しては、いつもの意地悪も言えないアッシュである。

懐かしい町をしばらく歩いていると、声をかけてくる者があった。

「アール様……？」

その男はすでに老齢に差しかかっており、髪は白く、顔には深い皺《しわ》が刻まれていた。長年の苦労が偲《しの》ばれるが、身なりは小綺麗《こぎれい》で、品の良さもある。

アッシュは普段とは違って、懐かしむような、どこか無邪気な顔になる。

「爺《じい》か」

「はい。お久しぶりでございます」

男性は恭《うやうや》しく頭を下げる。かつてアッシュが住んでいた屋敷に勤めていた執事であり、カザハナを離れるまではずっと一緒にいた。アッシュが気を許していた数少ない人物の一人でもある。

「アール様。やはり元気でいらしたのですね」

「ああ。あの戦争で追っ手を撒《ま》くために、死んだことにしていたが……」

そう告げてからアッシュは首を横に振った。

「いや、もうアールという人物はいないか。今は銀翼騎士団の一騎士、『疾風騎士アッシュ』という存在だ」

「左様でございますか。では、アッシュ様とお呼びいたします。このたびはカザハナへのご帰還、お祝い申し上げます」

「ありがとう。だが、帰ってきたわけではない」

男は少しばかり悲しげな表情になる。

きっと、アッシュが再びこのカザハナで生きていくことを期待していたのだろう。アッシュは少しばかりの罪悪感に、目を伏せた。

「一つ聞きたいことがある。公爵を名乗る人物がいるそうだな」

「噂《うわさ》によれば遠戚の者とのことです。私は直接会ったことはないため、どなたかは存じておりませんが……」

「実に胡散臭《うさんくさ》いな。悪政を敷いているとも聞く」

「評判はお聞きのとおりかと存じます。あまり政治には関与していないようですが、戦後の復興が終わったところでやってきたため、民の心証はよくなかったのでしょう」

領主たちが亡くなった後、民は自分たちでこの国を建て直してきた。

そんなところに後からやってきて我が物顔で振る舞えば、拒絶する者もいよう。

アッシュはその人物の情報を少し聞いた後、話を切り上げる。

「世話になったな」

「お役に立てれば幸いでございます。……アッシュ様はこれからどうなさるのですか？」

その問いは、彼の人生をどうするかということか、それともカザハナをどうするかということか。

アッシュは後者についてだけ返事をした。

「少し、公爵様とやらの顔を拝みに行こう。後のことはそれから考える」

「左様でございますか」

元執事はアッシュの言葉を聞き、「行ってらっしゃいませ」と満足そうに頭を下げた。

二人は屋敷に向かっていく。

「さて、これで観光はおしまいとしましょうか」

「そうね。……それにしても、アッシュのああいう態度、久しぶりに見たわ」

「私自身、もう貴族として振る舞うこともないと思っていましたよ。変でしたか？」

「ううん。でも、そうね。こっちのほうが『アッシュ』っぽいわ」

疾風騎士アッシュはいつも飄々《ひょうひょう》としていて、キララにだけちょっぴり意地悪で、そして時々優しい。

今は過去と違って、それでいい。

キララはアッシュの手を引くのだった。

「行きましょう、精霊の導くままに」

花の精霊たちは風に乗って飛び回り、屋敷へと二人を誘っていた。

◇

アッシュは町を出るなりケモモンを呼び出す。

「ケモモン、屋敷に帰るのは久しぶりですね」

その獣は屋敷のほうに頭を向けたまま、じっと動かない。

「そうですね。もう父も母もいませんが……あそこには思い出もあります」

それはアッシュの独り言か、ケモモンに言ったものか。

キララは彼の姿を横目に見つつ、ケモモンの背を撫《な》でた。

「お願いね」

ケモモンは二人を乗せると、勢いよく動きだす。

町からの距離は近く、到着まで時間はさほどかからないだろう。

屋敷は非常時に住民を保護する砦《とりで》としての機能も持っており、周囲は城壁代わりの燃えにくい植物による生け垣で囲まれている。

それでも激しい戦火には耐えきれず、新しく植え替えられていた。以前のものと比べると小規模で、葉も小さい。丈夫さでは大きく劣るだろう。

「……城壁としては心許《こころもと》ないものね」

「作り手が悪いんでしょうね」

生け垣を含めて屋敷周囲の植物の管理は、キララの一族――花の精霊と親しいカザハナの巫女《みこ》が代々任されていた。

精霊とともに暮らしているこの国では、精霊たちに居場所を提供する役割が必要だ。カザハナの巫女《みこ》は、この国から精霊がいなくならないようにもてなす一族だったのだ。

だが、それも戦後は失われてしまった。

生け垣のところに到着すると、門番の二人が立ちはだかる。

「止まれ！　何者か！」

誰何《すいか》されたケモモンは、言われたとおりに門の前で止まってお座りする。

アッシュはそこから降りることなく、門番の頭上から声をかける。

「公爵という方に会いに来ました。そこを退《ど》いてください」

「まず名乗れ！」

この門番は以前から屋敷に仕えていた者ではない。新しい公爵とやらが連れてきた者だろうか。

問答無用で押し通せば手っ取り早いが、その後の公爵との話はこじれるだろう。

一方で話をしたからといって、通してもらえるかそうかはわからない。アッシュとしても過去を語るつもりはないはずだ。

どうするのかとキララはアッシュに目を向ける。彼は少し悩んだ後、名を告げた。

「私はアッシュ。カルディア騎士団の騎士です」

「カルディア騎士団だと？　何用か」

「公爵を名乗る人物の爵位継承権について確認すべく、参った次第です」

「ジェレム王国の騎士がなにゆえカザハナに介入する？」

「これはあくまで、私の個人的な確認です。ジェレム王国は関係ありません」

「ならば、なおさら通す義理はない」

「話がわかる人物を呼んでください。以前から屋敷に勤めている者ならば、会えば用件はすぐにわかるはずです」

「そのようなことがあるものか」

門番は動こうとはしない。

しばし無言で相対するも、騒ぎを聞きつけて中から兵たちがやってくる。そのうちの一人は彼の姿を見て、目を見開いた。

「……アール様？」

「公爵を名乗る人物に会いに来た。通してもらえるか？」

「かしこまりました！」

その男は背筋をビシッと伸ばして、

「アール様がお帰りになられたぞ！」

そう告げて門を開ける。

兵たちが集まってきて、彼の姿を見てざわつく。

ケモモンはゆっくりと歩き始めた。

「どうせすぐわかることなんだから、アールって名乗ればよかったのに」

「アールという男はもういないと言ったばかりです」

「変なとこ意固地よね」

キララは呆《あき》れつつも、「それもアッシュらしいわ」と笑うのだった。

悠々と闊歩《かっぽ》するケモモンであったが、屋敷の前に辿《たど》り着いたところで、兵たちに阻《はば》まれてしまう。彼らは新しく雇われた者たちだ。

「領主様の命令でこの先には通せぬ。お帰り願う！」

「そういうつもりなら仕方ありませんね。ケモモン、怪我《けが》をさせすぎないように手加減してください」

アッシュが言うなり、ケモモンは猛然と走りだした。

「通すな！　隊列を組め！」

兵たちが一カ所に集まり、盾《たて》を構えて突進に備える。

しかし――

「ぐわあああぁ！」

ケモモンの体当たりを食らうと、呆気《あっけ》なく宙を舞った。その力強い突進を止められる者など、どこにいようか。

そのままの勢いで屋敷の扉に到達したケモモンはピタリと止まって、前足を器用に使って扉を開けた。

「……扉を壊して突っ込むんじゃないのね」

「ケモモンはお行儀がいいんです」

中に入った二人は、ケモモンから降りて領主の部屋へと向かっていく。

兵たちが二人を阻もうとやってくると、キララは花飾りを手に取った。

「精霊よ、無礼者を払いなさい！」

花飾りは鮮やかに光り輝き、緑の蔓《つる》を伸ばし始めた。

その蔓によって兵たちは打ち払われ、二人が進む道ができあがる。もはや邪魔する者はいない。

そして領主の部屋に入ると、その人物がいた。

「アール！　今更なにしに来た！」

やや小太りで茶髪の男だ。年齢はアッシュと同じくらいか。

その男の顔を見て、アッシュは眉をひそめた。

「……なんだか見覚えがありますね」

「そうかしら？　私はないけど」

「十年前に親族一同が集まったとき、パーティ会場にいたじゃないですか」

「うーん……」

「一応、継承権はあるのかもしれません」

二人でひそひそ話していると、聞き耳を立てていたのか、男は胸を張って答える。

「継承権は二十位だぞ」

あまりにも継承権の順位が低いから、アッシュもすっかり存在を忘れていたのだ。遠戚というのは嘘《うそ》ではなかったのである。

「どうするのよ、アッシュ」

「遠戚とはいえ、優先順位の高い者は皆、あの戦で亡くなってしまいましたから、公爵になることには問題はありませんね」

「ふん、お前も認めたか。だったら――」

アッシュは一瞬にして距離を詰める。

男は驚きのあまり、尻餅をついた。

「認めたのは、あくまで爵位の話です。悪政に関しては話が違うでしょう」

「そんなこと、お前に言われる筋合いはない！　お前がこの国から逃げたから、俺が領主になったんだ。だいたい、生まれついての身分によって待遇が変わるなんて、そもそもおかしいだろう！　それなのにお前はその役目を果たさなかった。俺のほうがまっとうな行いをしているはずだ」

「まさしく、私にはそのような文句を言う権利はないでしょう。ですが、あなたが悪政を敷くのと継承権の問題は別です。善政を敷いていたのであれば、私はここに来ることもなく、この国を去っていたでしょう。私はこのカザハナに住まう人々の痛みを伝えるために訪れたのです。一介の騎士として」

アッシュの声音には、いつになく感情が表れていた。

男はたじろぎながらも、言葉を捻《ひね》り出す。

「部外者だろうが」

「ええ、今は。……ですが」

いつの間にか、男の首筋には刃が当てられている。メイドが悲鳴を上げた。

アッシュは冷たい声音で告げる。

「いいですか。継承権の第一位は私です。いつだって、あなたをその場から引きずり下ろすことができるんですよ」

「なっ……！」

「権力を使えば追放することも容易だ。あなたの地位なんてそんな程度でしかないんです。権力というのは上下がはっきりしているから、上の立場の者がしっかりしていないといけないんですよ」

もはや男は、縋《すが》るように見るばかりだった。

「あなたがこのまま悪政を続けるようであれば、すぐに奪い取ってあげましょう。ですが、それは私にとっても本意ではありません。少し様子を見ることにしましょうか。……次に来たとき、このカザハナがよくなっていることを願っています」

アッシュはくるりと背を向けて歩き始める。

キララは二人を見比べていたが、やがてアッシュに続いた。

そうして部屋を出ようとしたとき、男は声を上げた。

「待ってくれ！」

「……なにか？」

「確かに俺にも悪い部分はあった。だが、それだけじゃない！　今年は冷害がひどいんだ。対策のために金が必要だった」

「なるほど。原因については？」

「調査してはいるが、北のホルム国の影響を受けていることしかわかっていない」

「仕方ありませんね。そちらは私のほうで調べましょう。なにかわかれば、こちらに使いを出します」

これにて新しい公爵に会うという用事は済んだ。この屋敷にいる理由はもうない。

アッシュはキララとともに部屋を出る。

兵たちは遠巻きに様子を眺めていたが、二人が扉を離れたところで、中に駆け込んでいった。そしてあの男の無事を確認してほっとする。

「さて、キララさん。残念ですが、休暇はこれでおしまいです」

「アッシュはあれでよかったの？」

「一介の騎士にすぎない男には、公爵なんて似合いませんよ」

「そう。それならいいわ」

キララはあっさりと納得する。アッシュにそのつもりがないなら、無理強いするべきではない。

「次はホルム国ですね」

「その前に、花畑に寄ってもいいかしら？」

「ええ。行きましょう」

二人が屋敷を出たところで、兵たちがじっと彼を見つめていた。

「アール様……」

「もはやそのような人物はいませんが、困ったことがあったら、ジェレム王国カルディア騎士団のアッシュ宛てに手紙を出してください。あの公爵が悪さをしたなら御して差し上げましょう」

「ありがとうございます。お気をつけて行ってらっしゃいませ」

兵たちが頭を下げて見送る中、二人はケモモンに乗って屋敷を離れる。

そこから山のほうに進んでいくと、小道が見えてきた。今はここを通る者も少ないのか、草木が好き放題に茂っている。

しばらくして、日当たりのいい花畑が見えてきた。小さな花畑だが、数多《あまた》の精霊たちで賑《にぎ》わっている。

戦火に焼かれたカザハナの中にあって、ここだけは変わっていなかった。

「久しぶりね、皆」

キララが声をかけると精霊たちが集まってくる。

アッシュはそんな彼女の姿を見て頬を緩める。幼い頃を懐かしく思い出しながら。

ケモモンは日向《ひなた》ぼっこをしていたが、やがて心地よさそうに転《うた》た寝《ね》を始めた。

ゆっくりと穏やかな時間が過ぎていく。温かく平和な空気の中で。二人の幸せな思い出は今もここにある。

やがてキララは精霊たちにしばしの別れを告げる。

「またね」

「もういいんですか？」

「ええ。いつでも会いに来られるから。……アッシュはお墓参りしなくていいの？」

「そうですね。遺骨がどこにあるかもわかりませんし、約束を果たしたとは言いがたいですから、父と母には顔向けできません」

「約束？」

「悪しき者にケモモンを渡さないことです。そしてカザハナを守っていくこと」

アッシュは表情に後悔を滲《にじ》ませた。

しかしそれも一瞬のこと。すぐにいつもの調子に戻った。

「あのときはケモモンと一緒に、キララさんを連れて逃げることで精一杯でした。もちろん、それが最優先事項だったので、判断としては間違っていなかったと今でも断言できます」

「そういう自信のあるところ、ほんとアッシュよね」

「たった一人と一頭で、戦争の大局を変えることなんて、普通はできませんから」

彼はいつものように現実的な話をしているだけだ。けれどキララには、どこか諦めの境地にいるようにも思われた。

それからアッシュは話を戻す。

「公にはなっていませんが、ケモモンは初代カザハナ公爵から代々引き継がれてきた守護精霊です。契約者に合わせて姿形を変えてきたため、別の守護精霊と見なされていたのです」

「そういえば……前公爵様の守護精霊と銀の毛色は共通ね」

「ええ。似ているところといえば、それくらいでしょうか」

キララはすやすやと眠っているケモモンを撫《な》でる。

この呑気《のんき》な獣にそんな過去があったとは、思いもしなかった。

「ともかく、正統なるカザハナ公爵の継承者は皆、偉大な精霊としてケモモンと契約してきたわけです。どこかで伝承がうまく伝わらなかったようで、なぜこのようなしきたりが続いてきたのかは不明ですが」

アッシュもキララと一緒にケモモンを見つめる。

ずっと一緒にいた彼でも、まだ知らないことはあるのだろう。

「今になって思えば、あの戦いもケモモンの力を狙った輩《やから》の仕業であったのかもしれません」

「精霊王を巡る戦いに関わってるってこと？」

「あくまで推測ですけれどね。なにしろ竜魔人との戦争が無秩序に広がっている時代でしたから」

「だからケモモンとの契約について、私は知らないほうがいいって言ったの？　知れば、私も巻き込まれるから？」

「……失礼しました。忘れてください」

「なに言ってるのよ。銀翼騎士団にいたら、もっととんでもないことばっかりよ」

「それもそうですね」

「本当にね」

「困った団長です。まったく」

　二人はひとしきり笑った後、

「行きましょうか」

「そうしましょうか」

　花畑をあとにすることにした。

　ケモモンはアッシュに起こされると、大きな欠伸《あくび》をしながらむくりと立ち上がった。顔の周りについている花びらをアッシュは払ってあげる。

「ねえアッシュ。ケモモンと一緒に私を連れて逃げるのが最優先って言ってたけど――」

「言い忘れていましたが、父との約束は三つあったんです。最後の一つは私が勝手に言っていたことですが――」

　アッシュが言うのをためらったので、キララは先を促す。

「それは？」

「カザハナの巫女《みこ》を――いえ、キララさんを守ることです」

「えっ……!?」

　突然の宣言に、キララは言葉を失った。そして彼女がなにかを言う前に、アッシュはちょっぴり早口で話題を変える。

「さて、ホルム国に行きましょうか」

「あの、アッシュ、えっと……」

「北に行けば、もっと寒くなりますよ」

「あ、あの、あのね、アッシュ――」

顔を赤くするキララをアッシュはひょいと抱きかかえる。キララはさらに赤くなった。

こんな優しい言葉をかけられて、丁寧に扱われるなんて。いったい、彼はどうしてしまったのだろう。

キララが思わず両手で赤い顔を覆いそうになった直後。

ずぼっ。

ケモモンの毛の中に突っ込まれた。

「どんなに寒くてもケモモンの中にいれば大丈夫ですからね」

「……そうね！　お気遣いありがとう！」

ケモモンの毛に顔を埋《うず》めながら、ジタバタするキララだった。

そして二人と一頭はカザハナを発つ。

ホルム国ではヴォークがすでに調査を進めているし、フェリクスたちもそちらに向かっているとのことだ。

そこに合流すれば、手っ取り早いだろう。

「ねえアッシュ。一人と一頭じゃ大局は変えられないって言ってたけど」

キララはケモモンの毛の中から頭を上げると、目を逸《そ》らしがちにしながらも、アッシュに顔を向ける。

お互いの顔がよく見える近い距離にキララは赤面しつつも、意を決して呟《つぶや》いた。

「今は二人だから」

言い終わるなり、キララは真っ赤になった顔を再びケモモンの毛の中に突っ込んだ。

「頼りになりますね、キララさんは」

アッシュは彼女の後ろ姿を見ながら微笑《ほほえ》むのだった。

それからしばらくして、アッシュが尋ねる。

「おや？　どうかしましたか、ケモモン」

先ほどから特に変わった様子はないが……。

キララはケモモンの顔を覗《のぞ》くも、普段どおりにしか見えなかった。契約しているアッシュにだけわかることもあるのかもしれない。

「ふむふむ。なるほど。北の寒冷化の原因に思い当たることがあるようです。行ってみましょうか」

「……ケモモンが本当にそう言ってるの？」

「疑っているんですか？」

「そういうわけじゃないけど……二人と一頭だからね。付き合ってあげる！」

上体を起こして自信たっぷりに言うキララであったが、吹きつける風が冷たくて、すぐにケモモンに抱きつくようにしてその毛に埋《うず》まるのだった。

アッシュが自分の外套《がいとう》をかけてあげると、キララはそれをぎゅっと握りしめる。彼の温もりが残っていた。

そうして二人は北に向かっていく。

冬の向こうでは春が待っていると信じながら。

幕間《まくあい》　夜嵐《よあらし》騎士団長と北の暴風

怒号が飛び交う戦場は、視界が利かなくなるほどに吹雪《ふぶ》いていた。

足元に転がるのは竜魔人と人の死体だ。死すれば顧みられることもなく、路傍《ろぼう》の石と変わらず踏みつけられていく。

数年前の冬、アイシー地方へと進軍した夜嵐騎士団は、慣れない寒さと敵の激しい攻勢により、苦戦を強いられていた。

「団長！　第一中隊は壊滅した！　これ以上は無理だ！」

フェリクスはあらん限りの声を張り上げる。

彼の部下の多くが亡くなった。吹雪に遮《さえぎ》られて、どれほどの人数が生き残っているかすらわからない。

見回しても、かろうじて数人が確認できるだけだった。

フェリクスの視線の先ではルドウィン団長が敵を切り倒していた。

「残っている者を集めろ。一気に切り込む」

「ここは撤退すべきだ」

「それこそ無駄死にになる。背を向ければ、敵は容赦なく我々を踏み潰す。手勢の少ない我々が敵の進行を止めるには敵将を討つしかない。もう姿は捉えた」

ルドウィン団長が見据える先には、竜に跨《また》がる巨躯《きょく》があった。

いくつもの骨を縫い付けた革の鎧《よろい》を纏《まと》っており、動くとその骨が不気味な音を奏でる。

それは死した同胞の骨と言われていた。

アイシー地方の竜魔人を率いる総大将「竜骨将軍《りゅうこつしょうぐん》」である。

「あいつか……！」

竜骨将軍はアイシー地方を奪うことに心血を注いでいた。夜嵐騎士団が敗北したなら、それを機に次々と侵略してくるだろう。

フェリクスはぐっと拳を握ると感情を押し殺す。兵を率いる者として、ときに過酷な決断を下さねばならない。

彼は振り返り、力強く叫んだ。

「これより敵将を討つ！　ついてこられる者は続け！　名を上げる好機だぞ！」

ルドウィン団長が動きだし、フェリクスが併走する。

彼らに続く兵はごく少数。そして目の前には壁のように居並ぶ竜魔人ども。

圧倒的に不利な状況で、ルドウィンは勇ましく剣を振るった。

「切り込め！」

先頭にいる敵をまずルドウィンが打ち倒し、その陰から飛び出した別の敵をフェリクスの剣が貫く。

青く血塗られた道ができあがった。

「進め！　進め！」

「団長に続け！」

果敢に攻め込む兵たちの勢いに、竜魔人どもは押され始める。

このまま敵将のところへと辿《たど》り着けるかと思いきや、

「たかが寡兵《かへい》相手になにをやっている！　ぶっ殺せ！」

怒声がその流れを変える。

竜骨将軍は味方にも恐れられているのだろう。浮き足立っていた竜魔人たちはどっしりと剣を構えた。

それでもなお、ルドウィンは足を止めずに進み続ける。

「手ぬるい！　この程度でやれると思うな！」

その苛烈《かれつ》さに引っ張られ、味方の兵たちは倒れながらも前へ前へと動き続ける。彼らの進んだあとの雪は赤く染まっていた。

そしていよいよ道が開ける。

向こうに現れたのは、すでに剣を掲《かか》げた竜骨将軍。剣身には燃えさかる漆黒の炎が絡みついていた。

「来るぞ！」

フェリクスが叫ぶと同時に剣が振り下ろされて、漆黒が放たれる。

触れる雪を消し飛ばしながら闇が迫るのに対し、ルドウィンもまた剣を振るう。その軌跡に沿って、まばゆい光をまとった暴風が吹き荒れる。

両者が衝突し、すさまじい衝撃と悲鳴が撒《ま》き散らされる。黒い嵐が轟々《ごうごう》と吹き荒れた。

「くっ……！」

フェリクスの周囲には、巻き添えを食らった者たちが無惨な姿となって転がっていた。

こうなっては人も竜魔人も大差ない。

さらには彼らを踏み潰さんと、いくつもの竜が迫っている。

「ギュオオオ！」

激しい雄叫《おたけ》びに、兵たちの体は強張《こわば》り、足はすくむ。

獰猛《どうもう》な牙が迫る中、フェリクスは叫ぶ。

「躱《かわ》せ！」

フェリクスとルドウィンが咄嗟《とっさ》に飛び退《と》くと、ギリギリのところを竜騎兵が通り過ぎていく。ほんの少し反応が遅れていたら、挽肉《ミンチ》になっていた。

背後からは悲鳴が聞こえてくる。彼らがどうなったのかは想像に難《かた》くない。

身の毛がよだつ思いをしつつも剣を握る彼らの前には、いつしか竜骨将軍が近づいていた。その魔人は竜に騎乗しており、かなり大柄であるため、フェリクスたちは見下ろされる形になっていた。

竜骨将軍はこれまでに多くの同胞を殺された怒りを全身から迸《ほとばし》らせながら、ルドウィンたちを睨《にら》みつける。

「人間どもよ。ここで朽ち果てるがいい！」

「わざわざ切り殺されに出てくるとはな！」

ルドウィンは切りかかるが、竜骨将軍の剣はあっさりと受け止めてしまう。

体格の差があるだけではない。ここに来るまでの疲労も溜まっており、血も流しすぎている。ルドウィンの剣には勢いがなくなっていた。

「口ほどにもない！」

「くっ……！」

弾き返されたルドウィンが倒れ込むなり、敵が反撃に転じる。数の差を生かして、竜魔人たちは次々と襲いかかってきた。

「させるか！」

フェリクスが間に割り込むが、防いでも防いでも竜魔人どもの攻撃の手は止まらない。

すでに四方八方を囲まれていた。

（……これまでか）

たとえ敵将の首を取ったとしても、生きては帰れないだろう。嬲《なぶ》り殺《ごろ》しに遭う運命は変えられない。

フェリクスが死を覚悟した瞬間、地響きのような振動が近づいてきた。

「うぉおおおお！」

敵を切り裂いて現れたのは氷の狼《おおかみ》だ。その背に乗る大男は、巨大な氷の剣を自在に振り回し、敵を叩《たた》き潰していた。

「あの男は……！」

フェリクスはルドウィンから聞いていた話を思い出す。

あの姿は間違いない。ホルム国の英雄「氷狼将軍」だ。

こんな戦況でも駆けつけてくれるとは思ってもいなかった。彼とて厳しい状況だったはずなのに。

氷狼将軍はルドウィンの傍《そば》までやってくると、竜骨将軍を睨《にら》みつける。

「好き勝手に暴れてくれたようだな」

「ようやく英雄のお出ましか」

この二人には、長くホルム国で戦い続けてきた因縁がある。その決着をつけるときが来た。

両者が対峙《たいじ》する中、ルドウィンは氷狼将軍に問わずにはいられない。

「なぜここに来た？　俺たちを助ける義理などないだろう」

すでにこちらの負け戦が決まっていたのだ。夜嵐騎士団に殿《しんがり》を押しつけることもできただろう。死地に飛び込む必要はなかったはずだ。

氷狼将軍はきっぱりと答える。

「このホルム国の将軍として、敵将を他国の騎士団に任せるわけにはいかない。それだけだ」

「お前も俺も所詮、捨て駒ということか」

「そうかもしれないな。だが、俺は自分の意思でここにいる。守るものがあるからだ」

氷狼将軍は敵を見据える。

力強い援軍ではあるが、彼もまた満身創痍《まんしんそうい》であった。持久戦となれば、いずれ力尽きるだろう。

状況が好転したわけではなく、この危機を打開するには敵を打ち倒すしか道は残されていない。

氷狼将軍はルドウィンとフェリクスを一瞥《いちべつ》して告げる。

「一気にけりをつける。協力してくれ」

「承知した。お前ら、夜嵐騎士団の意地を見せろ！」

「行くぞ！」

三人が走りだし、竜骨将軍が迎え撃たんと剣を掲《かか》げる。

暴風が吹き荒れ、狼《おおかみ》が吠《ほ》える。そして銀の光が漆黒とぶつかり合う。

混濁した光がアイシーの地を照らしていた。

第十五章　氷狼《ひょうろう》将軍と氷の姫君

フェリクスたちはホルム国の北の町に来ていた。

ここでヴォークと待ち合わせをする予定だが、定刻までは少し余裕がある。どこかで時間を潰そうかとシルルカとリタを見れば、二人とも白い息を吐いていた。

「うぅ、寒いです。早くあったかい建物に入りたいです」

「あったかいご飯が楽しみだね！」

待ち合わせの場所は大衆酒場だから、町中をぶらぶらするよりも、さっさと店へ行ってしまうほうがよさそうだ。

「寒い地方だから、強い酒が多いだろうな」

「ヴォークさんはすでに酔っ払ってるかもしれませんね」

「仕事中にそれはないだろ。ほどほどにしてるはずさ」

「飲んでることは否定しないんですね」

「あいつも銀翼騎士団の所属だからな」

禁酒を命じている騎士団もあろうが、銀翼騎士団の規律はとりわけ緩い。業務に差し支えなければ咎《とが》められることもない。

今頃どうなっていることかと思いながら歩いていると、「雪の精霊亭」と書かれた看板を見つけた。

「あれだな」

「突撃です！」

シルルカとリタが元気よく扉を開けて中へと足を踏み入れる。

広々とした店内は、日中だというのに客が多く、賑《にぎ》わっていた。凍《こご》えるような外の寒さからは考えられないほどの熱気が厨房《ちゅうぼう》から漏れている。

「ふう、あったかくていいですね」

「おいしそうな匂いがするよ！」

なにが食べられるのかなと、リタはヴォークなどそっちのけで匂いの元を探す。

（さて、ヴォークたちはどこにいるか）

今回は隠密行動ではないものの、騎士団員が集まっていれば人々の興味を引いてしまうため、極力目立たない格好を心がけている。

といっても銀翼騎士団には制服なんてないし、戦場でも好き勝手な格好をしているくらいだから、普段と大差ないのだが。

そんな状況だというのに、見渡せばすぐに目的の人物は見つかった。

「ヴォークさんは目立ちますすね」

「でかいからな」

　部屋の片隅にいるその男の風体は、まるで山賊だ。

　毛皮を纏《まと》い、革のベルトを締めているが、あちこちすり切れていたり、薄汚れていたりする。図体も大きく、顔にも傷があるため、そこにいるだけで威圧感すらあった。

　そしてなにより、壁に立て掛けている荷物が目を引く。

『大斧《おおおの》のヴォーク』の二つ名の由来となった大斧は、布に包まれてなお重厚さが感じられる。

「ヴォーク、進展はあったか？」

　フェリクスが近づいて声をかけると、ヴォークは顔を上げた。

　顔はまったく赤くなっていないし、酒の匂いもしない。フェリクスの予想は外れたようだ。

「お、団長のお出ましだ。残念ながら大精霊の城は影も形もねえな」

「そうか。銀霊族はどうだ？」

「一度姿が見られたきりだ。なんの情報もないな」

　仮面の男はどこに行ったのか。そもそも、やつが銀霊族であったかどうかも怪しい。

　これまでヴォークから連絡がなかったことから予想してはいたが、やはり成果は得られていないようだ。

シルルカは肩をすくめる。

「ほら、やっぱりヴォークさんは当てにならないじゃないですか」

「相変わらず、嬢ちゃんは辛辣《しんらつ》だな」

ヴォークは豪快に笑う。

その性格からか、ちっとも怒ったようなそぶりはない。

「俺に向いてない仕事なのは確かだがな」

「ヴォークさん、心配しないで！　リタが来たからには、あっという間に見つけちゃうんだから！」

リタが胸を張り、狐耳を揺らす。

「おう、頼りにしてるぞ」

「うん。任せて！　あ、でもその前にいっぱい食べて元気をつけないとね」

リタはメニューを見てあれこれと注文をする。

この国は海に面していることから魚料理が豊富だ。

そして狩猟も盛んであり、炙《あぶ》り肉の料理もある。農作物はあまり多くないのか、芋料理があるくらいか。

そしてやはり温かなスープは外せない。

「さて、今後の予定を立てるにあたって、これまでの経過を聞きたいんだが」

フェリクスが尋ねると、他の騎士団員たちがこれまでの調査結果を渡してくるが、かなり熱心に調べていたようで、もはや行っていない場所などほとんどなさそうだ。

（……らしくないな）

ヴォークも銀翼騎士団の一員だけあって、頭を使わず斧《おの》を振り回していることのほうが多い。

だが、因縁のあるこの地のことは、やはり気になるのだろう。あれこれと考えて動いた形跡が見られる。

フェリクスの隣で資料を眺めていたシルルカは、諦め気味に告げる。

「こんなに探しても見つからないということは、やっぱりヴォークさんは城の幻を見ていたんじゃないですか？」

「いや。あれは間違いなく大精霊の城だった。俺の守護精霊も覚えている」

「守護精霊が言うなら、確かにそうなのかもしれませんね」

「おいおい、俺の言うことも信じろよ！」

「なんにせよ、今は信じるしかないだろ。ほかに手がかりもないんだから」

苦笑いするフェリクスである。

ぱらぱらと資料をめくっていくと、なにも情報がない地域がある。それはここより北の一帯だ。

「アイシー地方は調べていないのか?」

聞くと、ヴォークは苦々しい顔つきになる。

アイシー地方はヴォークが銀翼騎士団の一員になった場所であり、夜嵐騎士団団長ルドウィンが亡くなった場所でもあった。

「あそこでは今、姫様が竜魔人と戦っている。気軽に行ける場所じゃない」

「気持ちはわかるが、大精霊の城を見たのもあそこだろ？　放置するわけにもいかない」

ヴォークは口を噤《つぐ》む。

カルディア騎士団として優先すべきは、この国の事情よりも大精霊に関する調査だ。ホルム国に配慮するのもいいが、本来の仕事に支障が出てはいけない。

ヴォークはなにも言えなくなって沈黙が続く。

どうしたものかとフェリクスが悩み始めたそのとき、近くの客が声を荒らげた。

「だから言ってるだろ！　姫様は将軍の仇討《かたきう》ちのために、竜魔人どもをぶっ殺してるんだ！　どんな思いで戦ってると思ってる！」

「数年前のアイシーの戦いじゃ、いち早く逃げたって話じゃねえか。その氷狼将軍も戦犯になるのが怖くて逃げたんじゃねえの？　死体も見つかってないって話だぜ」

「なんだと！」

かなり酔っているらしく、赤ら顔の二人は立ち上がり睨《にら》み合う。

「あのとき将軍は姫様を逃がすための盾《たて》となって亡くなったんだ。それを愚弄するか！」

「やっぱり姫様も怖くなって逃げ出したんじゃねえか。氷狼将軍も負け戦とわかって離脱したなら、そりゃ賢い選択だ！」

二人はますます興奮して叫び合う。

酒場の喧嘩《けんか》はいつものこととはいえ、客たちも彼らをチラチラと見始める。

狐耳を揺らして情報を集めていたリタが小首を傾《かし》げた。

「師匠、どっちが正しいんです？」

「状況としては、どちらとも取れるものだったと言われているな。アイシー地方に住んでいる一族の者たちは、国は援軍を寄越さなかったし将軍も姫君も逃げたと考える者が多い。一方で、この国の大多数を占める一族は、アイシー地方を守るために二人が犠牲になったと考えている」

あまりわかっていない様子のリタに、シルルカがつけ加える。

「見方の問題ですね。民族問題は一概にどちらが悪いという話でもないです」

それぞれの立場があり、一人一人の考えがある。

リタは少し考えていたが、熱々のスープが運ばれてくると、そちらに夢中になった。

やがて黙っていたヴォークがゆっくりと呟《つぶや》く。

「……氷狼将軍は、そんなに崇拝されるような男じゃねえよ」

「そんなこと言っていいんですか？　一般的にはこの国の英雄ですよ」

「竜魔人を大勢切っていたのは確かだが、褒められたもんでもねえだろ。結果として部隊は敗北し、何千人もの兵を失った。夜嵐騎士団が来ていなければ、アイシー地方は今頃、竜魔人の領地になっていただろう」

ヴォークが言い終わった途端、

「てめえ！　よくもそんな口利けたな！」

興奮した酔っ払いがヴォークに怒鳴ってくる。

そして息がかかるほど顔を近づけて叫んだ。

「将軍のおかげで俺たちは生きてるんだ！　よそ者にはわかんねえかもしんねえけど、竜魔人どもに追い詰められて、どうしようもなくて、それでもあの人しか助けに来てくれなかった！　侮辱することは許さねえ！」

ヴォークの巨体を前にして、男は目を逸《そ》らさずに向き合う。

きっと、本心では怯《ひる》んでいたはずだ。足の震えは酔っているせいだけではないだろう。

それでも退けないときがある。

周囲がざわめき、「喧嘩《けんか》か!?」「やっちまえ！」などと囃《はや》し立てる声も上がり始めた。

騎士団員が他国の民間人と揉《も》めるのはまずいだろう。フェリクスは男を宥《なだ》めるために立ち上がりかける。

だが、ヴォークは拳を振り上げることはせず、その男をしばし見た後、たった一言だけ呟《つぶや》いた。

「すまなかった」

あまりに覇気《はき》のない姿に毒気を抜かれたのか、酔っ払いは一つ舌打ちして席に戻っていく。本人も手打ちにするにはちょうどいいと判断したのかもしれない。

客たちも次第に興味をなくして、元の話題に戻り始めた。

フェリクスはヴォークの様子を窺《うかが》っていたが、さほど変わったところもなかったため、再び資料に目を向ける。

やがて最後のページまで行き着くと、今度は地図の一点を睨《にら》んだ。

そして銀翼騎士団の団長として命令を下す。

「次の行き先はアイシー地方だ。俺たちには銀翼騎士団の一員として、やらないといけないことがある。そのためにも……シルルカ、リタ、頼むぞ」

「そうですね。このお魚のマリネ、おいしいです。追加しちゃいましょうか」

「うんうん。肉汁がすごいよね。もっと食べたい！」

噛《か》み合わない会話にフェリクスが顔を上げると、シルルカは白身魚を頬張っており、リタは炙《あぶ》り肉にかじりついていた。

真剣な雰囲気など微塵《みじん》も感じられない。


「『頼む』って、料理を注文するって意味じゃないんだけど。なんで飯食ってるの」

「料理店に来てなに言ってるんです？」

「いや、それもそうなんだけど……仕事の途中というかさ」

「あ、そっか。師匠も食べたかったんだ。気づかなくてごめんなさい」

「銀翼騎士団の使命といえば、おいしいもの巡り旅ですからね」

「それは確かに否定できないな」

「そこは否定しろよ、団長さんよ」

ヴォークにまで呆《あき》れられてしまうフェリクスである。

けれどリタが「どうぞ。あーん」と肉をお裾分けしてくると、フェリクスはなかばやけになって炙《あぶ》り肉にかじりつく。

表面はカリッとしており、肉はほどよく柔らかい。肉汁が口の中に一気に溢《あふ》れる。

「確かにうまいな。注文するか」

「やった！　それでこそ師匠です！」

「お魚もお願いします！」

シルルカもフェリクスの口に魚のマリネを突っ込んだ。

餌付けされている気分になるフェリクスであるが、こちらもおいしいのですぐに気にしなくなった。

「酸味が利いていて爽やかだな。追加しちゃおう」

フェリクスは早速、店員に注文してしまう。

ヴォークはそんな彼を見てため息をついた。

「おいおい、団長。しっかりしてくれ。丸め込まれるなよ」

ヴォークにまで呆れられてしまうのはさすがにまずい、と気を引き締めるフェリクスであるが、

「この店、意外と高いんだぞ」

気になるのが任務ではなく値段である辺り、ヴォークも銀翼騎士団の一員なのであった。

◇

アイシー地方東寄りの土地にある砦《とりで》では、兵たちの怒号が上がっていた。

人と竜魔人の死体が無数に転がり、地を覆う雪は赤と青の血が入り混じって、薄暗い紫色に染まっている。

ホルム国の要所であるこの拠点は竜魔人の襲撃に遭い、陥落寸前であった。

この砦は竜魔人との戦争において常に最前線にあり、奪い奪われてきた歴史がある。そ

のたびに多くの将兵が命を落としてきた、血塗られた砦《とりで》なのだ。

そして今回は、ホルム国が攻められる番であった。

「探し出して殺せ！　人間どもを一人残らず！」

戦場を駆け回る竜騎兵たちは、獲物を求めて獰猛《どうもう》な牙を剥《む》く。もはや生き残っている人間は少なく、一方的に嬲《なぶ》っていると言ってもいい。

そして砦の最上階では、竜魔人が奥の部屋に雪崩《なだれ》込んでいた。

「女よ！　我々の同胞をむごたらしく殺した罪、その命だけでは到底償いきれぬ！」

怒りのままに叫ぶのは、革の上に無数の骨を縫い付けた鎧《よろい》を纏《まと》った竜魔人。ホルム国との戦争の矢面に立ってきた『竜骨将軍』だ。

その視線の先には、十数人の将兵の姿がある。

彼らはホルム国の中でも最も経験豊かな精鋭たちだ。しかしそうであっても、多勢《たぜい》に無勢《ぶぜい》であり、ここには逃げ場などない。

追い詰められた時点で、雌雄《しゆう》は決したと言ってもよかった。

「私を殺したところで、貴様らは震えて眠る夜から解き放たれはしないだろう。ホルムの民は、貴様ら魔人どもにされた仕打ちを一日たりとも忘れたことはない。この地から根絶やしにするそのときまで、我らは剣を取り続ける」

勇ましく答えたのは、兵たちの中心にいる女性だ。

竜魔人にとっての恐怖の象徴、ホルム国の『冷血将軍ディーナ』である。

彼女は毛皮のサーコートを青の返り血で染めながら、氷でできた剣を構える。

その細く華奢《きゃしゃ》な腕からはとても戦士とは思えないが、ホルム国の王族の多くがそうであるように、彼女も氷の魔術の素養があって、これまで数多《あまた》の竜魔人を屠《ほふ》ってきた。

そのディーナ姫を前にして、竜骨将軍は自身が有利であることを認識してか、はたまた憎き相手をいたぶる快楽に溺《おぼ》れてか、強気に出てくる。

「この場で殺すことなどするものか。この国を汚し、民に苦役を与え、そして最後は糞《ふん》尿《にょう》を垂れ流しながら惨《むご》たらしく死んでもらおう」

そう言って、竜骨将軍は口の端をつり上げる。

王族であるディーナ姫を捕らえたなら、彼らはホルム国に対して法外の要求をしてくるだろう。

「我らは貴様らには決して屈しはしない」

「その面《つら》が恥辱に染まるのが楽しみだ。なあ、同胞たちよ？」

竜骨将軍の呼びかけに、空気がビリビリと震えるほどの雄叫《おたけ》びが上がる。

竜魔人たちはこれまでの恨みを晴らさんと、その瞬間を今か今かと待ちわびていた。

「姫様をお守りしろ！」

じりじりと迫る竜魔人どもに対して兵たちは盾《たて》を構えるが、それはもはや、死へのカウントダウンが始まったことを意味していた。

姫は大きく息を吐き、気持ちを落ち着かせる。兵を率いて戦いを仕掛けてきた者とし
て、気丈に振る舞わなければならない。

それが氷狼将軍の生き様を知る者——彼に助けられ、彼を死に追いやった者としての責務に思われた。

けれど、気を抜くと足は震えるし、涙はこぼれそうになる。

(怖い。どうしてこんなことに)

氷狼将軍の死をきっかけに、狂気に駆られた将軍として扱われることが多くなったディーナ姫であったが、その内心は、幼い頃から変わらず気弱なままであった。

いつも震える足で、たった一つの思いを胸に戦い続けてきた。それは憎しみでも怒りでもなく後悔。

氷狼将軍を失った瞬間から、進むことのない時間に囚《とら》われてきた。

しかし、それもじきに終わるだろう。

——仇《かたき》を討つこともできず、無駄な死を遂げることで。

(将軍、もうすぐ私もあなたの元へ参ります)

祈るように一度、目をつぶる。

この敵を倒したところで氷狼将軍が戻ってくるわけではない。わかっていても戦場に立

ち続けたのは、心のどこかで死に場所を求めていたせいだろう。

そうすれば、もう一度彼に会えるかもしれない――

再び瞼《まぶた》を開けたときには、いつも自分を守ってくれていた兵たちの首が、足元に転がっていた。

「さあ、残りはお前だけだ。もはやなにもできまい」

こうなってはもう、仮面を被《かぶ》る必要もなくなった。弱い自分を晒《さら》しても、見とがめる者もいない。

ディーナ姫は震える声で、けれどはっきりと告げる。

「確かに私にはなにもできません。いつも助けられてばかりでした」

冷血将軍としてではなくディーナ個人としての思いから出た言葉は弱音であり、そして彼女の小さな覚悟の表れでもあった。

「それでも――あなたたちの自由にはさせないことくらいはできます」

彼女が氷の剣を一振りするなり、剣は霧《きり》となって全身を取り巻き始めた。

そして氷の精霊の笑い声が響き渡ると、氷の粒は急速に大きさを増していき、彼女の周囲に広がっていく。

「捕らえろ！」

竜魔人たちが迫るが、その魔手は氷に阻《はば》まれてディーナ姫には届かない。

氷に触れた部分から凍りつきそうになり、彼らは思わず距離を取る。氷の範囲は急速に広がり続けていた。

「くっ……離れろ！　巻き込まれるぞ！」

竜魔人らは慌てて下がっていく。

いつしか、砦《とりで》の最上階のその部屋は凍りつき、ディーナ姫は巨大な氷の中で眠りについていた。

竜魔人たちは室外から様子を眺めつつ、忌々《いまいま》しげに睨《にら》みつける。

「これでは手出しもできないか」

「どうしますか？」

「ふん。この氷も永遠に続くわけではない。いずれ溶けるときを待てばいい。それまでの間にやることはいくらでもある」

「我々は時が来るのを待てばいい……ということですな」

「ああ。これでは逃げ出すこともできまい。むしろ捕らえておくのに都合がいいくらいだ。じっくりと、やつらが慌てふためくさまを眺めようではないか」

竜骨将軍の言葉に、部下たちも勝利の笑みを浮かべる。

砦の外では竜魔人らによる制圧が終わり、竜騎兵が我が物顔で闊歩《かっぽ》している。

捕虜としてのディーナ姫の扱いについて、ホルム国王に連絡が行くのは間もなくのことであった。

◇

ヴォークと合流して数日後。フェリクスたちはアイシー地方にやってきていた。

町中には多数の兵たちの姿があり、あちこちに兵糧《ひょうろう》や武具を入れた木箱や袋が置かれ、戦の雰囲気が感じられる。

一年を通して戦が起きている地域であり、彼らにとっては日常の光景らしいが、今日はやけに騒々しかった。

「師匠、兵士さんたちが騒いでいます」

早速、情報を集めていたリタが教えてくれる。

「具体的な内容は？」

「えっと、来たばかりなので詳しい内容はわかりませんが……この前の戦いで負けちゃったみたいです」

「その割には、住民たちは落ち着いているが……」

近くに竜魔人が侵攻してきたのであれば、逃げ出すなり家にこもるなり、なんらかの対応をしていそうなものだが、そこまでしている者はいない。

「知らされてないみたいです」

「ということは、なにかしら不都合な理由があるのか、それとも混乱するのを避けるためか？　リタ、もう少し詳しく調べてくれるか？」

「任せてください！　どんな秘密も暴いちゃいます！」

リタはてくてくと歩きながら、狐耳を右に左にと向けて音を拾っていく。

フェリクスたちはその後ろをついていきながら町の様子を眺める。

あちこちにいる兵たちはおおむね緊張した面持ちだ。彼らの間には、すでに情報は行き渡っているのだろう。

一方、兵たちがこれほど戦のための準備をしているにもかかわらず、民間人は慣れたものだ。戦が日常となっているのだろう。

「民は戦を知らないくらい平和なほうがいいんだがな」

「そうですね。こんな毎日では気が休まりません」

家々を眺めてみれば、いつでも防壁にできるように木材や土嚢《どのう》が準備されている。また、敵が攻めてきたときには誰もが民兵として参戦するらしく、訓練に励んでいる若者たちの姿もあった。

すぐ東にある砦《とりで》が幾度となく竜魔人に攻め込まれているのも、防備を固める一因になっているのだろう。

「ここまで住民に戦意があるのも、ほかじゃ見ない光景だよな」

フェリクス自身、幼い頃は民兵や傭兵《ようへい》として戦っていたこともあり、竜魔人との戦争において前線となった国を訪れたことも多々あったが、住民たちは戦うより避難しようとする者たちのほうが多かった。

住民全員に剣を取る覚悟があるのは異質に思われた。

ヴォークは人々の姿を見て目を細める。

「アイシーの民は自治意識が強いんだ。自分たちの土地は自分たちで守ろうとしている。老若男女、誰でもな。……それは彼らが、魔人のみならず人間同士の争いにも巻き込まれてきた歴史を持つからでもある」

この地が氷の大精霊の住まう土地であることも、その一因だったのだろう。大精霊の力を求める権力者は決して少なくない。

「常に戦に晒《さら》されてきたこともあって住民たちの結束は固く、この土地とともに死ぬ覚悟もある。……その強さの分、ホルム国に併合されてから大きな問題を孕《はら》むことになったんだがな」

ヴォークの言葉に、フェリクスは数年前の冬を思い出す。

もし、アイシー地方の民族問題がなければ、夜嵐騎士団がこの国に来ることもなかっただろうか、と。

そんな感傷に浸っていると、リタが声を上げた。

「あ！」

「どうした？」

「騎士さんがいます！　あの鎧《よろい》、かっこいいです！」

なにか聞きつけたのかと思いきや、リタは武具を見て興奮していた。尻尾をぶんぶんと揺らし、目を輝かせる。

一方でシルルカは冷ややかだ。

「傷だらけじゃないですか。使い込まれていますし、貧乏騎士かもしれませんよ」

「鎧の傷は、たくさん戦ってきた騎士の証《あかし》だよ。かっこいいね」

「確かにいつまでも新品同然の鎧よりは役割を果たしていますけれど。……そういえば団長さんの鎧もいつもボロボロですし、同じように無頓着なだけかもしれませんね」

「一言多いんだけど。というか、俺の鎧は支給品だからな」

竜魔王との決戦の時に使っていたフェリクス専用の装備はすべて城に置いてきている。戦時中ではないことや旅をしていることもあり、一般の兵のものを借りているだけなのだ。決して手入れしていないわけではないのだが。

フェリクスが反論しようとしたところで、リタが狐耳をぴょんと立てた。

「はっ！　大事な話があるんでした！」

裏路地に来るようにとリタが尻尾を振って招くので、本当に大事な話なのだろう。騎士に夢中になっているだけじゃなく、しっかり人々の話す内容を探っていたようだ。

人気《ひとけ》の少ない道で遮音の魔術を用いると、リタは話し始めた。

「えっと、さっきの騎士さんたちが話していたんですが、東の砦《とりで》が竜魔人に奪われたらしいです」

「それがこの前の戦いで負けたって話か」

「はい。そのとき砦にディーナ姫がいたらしく、今も捕らわれているそうです」

その事実はまだ少数の者しか知らないとのことだ。

「確かに簡単には広められないよな。竜魔人を倒し続けた将軍が敵に捕らわれたなんて」

「身代金として、竜魔人からとんでもない要求が来ているそうです。ホルム国としては呑《の》めないという流れになりそうですが、ディーナ姫を見捨てるわけにもいかなくて、騎士さんたちも困っています」

要求を呑んだからといってディーナ姫が本当に解放されるとは限らないし、竜魔人の言いなりになれば、国民の反発は必至だ。

「内部分裂させようとの提案かもしれませんね」

どんな結果になろうと、少なからず衝突を生むだろう。

こちらから攻め込んだ場合、ディーナ姫が殺される可能性もあるため、ホルム国の部隊は動けなくなっていた。そして国としても結論が出ていないため、本隊が動く気配もなかった。

日頃、竜魔人と戦っている英傑であろうと、こうなっては重荷でしかない。

「今後どうなる可能性が高い？」

フェリクスが視線を向けると、青ざめていたヴォークは我に返った。

それから少し考え込んで、俯《うつむ》きがちのままぽつりぽつりと話し始める。

「姫様はずっと竜魔人を殺すために動いていた。国はそれを利用し、彼女自身が竜魔人の言いなりになることを望まず自害したと公表するだろう。その報復のために国は大軍を動かして一気に砦《とりで》を奪還《だっかん》する……そんな筋書きが濃厚だ」

「そうだな。この国は……」

「なにも変わっちゃいない。数年前から」

戦争が長引くこの国では、王族といえども犠牲となることは少なくなかった。

今はまだ交渉の最中であるためディーナ姫はそれなりの扱いを受けているだろうが、竜魔人の要求を呑《の》まなかった場合、これまで竜魔人との戦いの先頭に立っていたことを考えると、悲惨な目に遭う可能性が高い。

銀翼騎士団としてはこの戦いに介入する理由はない。かつては同盟を組んで竜魔人と戦っていたとはいえ、今は銀霊族を追うためにこの地に来ている。

他国のことに首を突っ込んでいてはキリがないし、感傷に流されて動くべきではないだろう。

（しかし……）

フェリクスの拳に思わず力がこもる。

どうするのかとシルルカが視線を向けてくるが、すぐに決断は下せなかった。

そんな折、リタの耳が新たな情報を捉えた。片耳を遮音の魔術の範囲外に出していたため、外の音も拾っていたようだ。

「救出しに行こうとしている人たちがいます」

「どこの部隊だ？」

「えっと、遮音の魔術の中で話しているみたいであまり聞こえないですが……あの砦の生き残りと有志が集まっているみたいで、人数は多くないようです」

「……死にに行くだけだ」

ヴォークは呟《つぶや》いた。

ディーナ姫を盾《たて》にされてしまったら、なすすべもない。

その襲撃をホルム国の総意と見なし、竜魔人が彼女を処刑する可能性もある。

名案とは思えなかったが、フェリクスにも彼らの気持ちはわからなくもなかった。たとえ成功する見込みが薄くとも、見殺しになんてできやしない。

「このままでは国は姫さんを見捨てるんだろ？」

「ああ。だが、どちらにせよ結果は変わらない。それならば犠牲は少ないほうがいい。……彼らを止めるべきだ」

ヴォークははっきりと告げ、顔を上げてフェリクスに向き合う。

覚悟を決めた男の顔だった。

「この話を知ってしまったからには責任がある。たとえカルディア騎士団の領分を外れるとしても」

「お前がそういうつもりなら、俺も付き合うさ。行くか」

フェリクスはヴォークの肩を叩《たた》いてから、リタに視線を向ける。

「案内します！」

リタは手を上げ、シルルカも「仕方ないですね」と続くのだ。

一行は裏路地を出て、リタについていく。

目的地は比較的近くで、すぐに辿《たど》り着いた。なんの変哲もない一軒家であるが、リタによれば集会に使っている地下室があるらしい。

ヴォークがためらうようになかなか一歩を踏み出せないでいる一方、リタは元気よくドアをノックした。

ややあって、一人の若者が出てくる。

「はい？　どちら様でしょうか？」

「砦《とりで》のことは聞いた。内密に話がしたい」

「……どうぞ」

それで察したのか、男は中に招き入れてくれる。口止めをするにしても室内のほうが都合がいいからだろう。

数名の男たちがやってきて四人を取り囲む。彼らは一般市民に扮しているが、身のこなしは兵士のそれである。

遮音の魔術を使うなり、最初に口を開いたのはヴォークだった。

「姫様を助けに行くそうだな」

男たちは一言も発しなかったが、死地に赴く覚悟が見て取れた。

「やめておけ」

瞬間、彼らの顔つきが変わった。

計画を漏らされては頓挫《とんざ》する可能性がある。そうなる前に口封じをしようとしているのか。

剣呑《けんのん》な雰囲気になる中、ヴォークは目を伏せて言った。

「竜魔人どもは一度手に入れた捕虜を易々と逃がすことはないだろう。警備は厳重だ。わずかな手勢が無策で突っ込んでも犬死にする以外の道はない」

「……ならば、国が大軍を動かすまでなにもするなと言うのですか」

握った拳が小さく震える。その様子からは、もはや国が救出に動く可能性がほとんどないことが見て取れた。

彼らもわかっている。

おそらくディーナ姫を助けられないことを。

その上で、行かなければならないと考えているのだ。ほんのわずかな可能性に望みを託して。

「大勢で攻め込めばやつらは姫様を盾《たて》にするだろう。その際、姫様の命の保証はない。第一、国が動いたのであれば、そのときにはもはや捕虜としての価値はないはずだ」

「だったらなおさら、少数の誰かがやらねばならないだろう。国とは関係なく、勝手に動いたと取り繕って！」

「ああ。だが、うまくいかなければなにもかも台無しになる可能性がある。失敗したのがこの国の兵であればなおさらだ。話はこじれるだろう」

兵たちは唇を強く噛《か》む。

強く握った拳は、骨が突き破らんばかりだった。

「たとえこの国を滅ぼすことになろうとも、国賊と罵《ののし》られようとも……！　我々は姫様を助けられる可能性があるのならば、それに懸けるしかない。それが将軍に姫様を託された我々の使命なのです」

ヴォークはそこではっとした。

兵たちを見回した彼の顔から、血の気が引いていく。

「そうか、お前たちは……。すまなかった。もういいんだ。あの命令は馬鹿な男が下した過ちだった。もう、そんな呪縛に囚《とら》われる必要はない」

「まさか、あなたは――」

「氷狼将軍はすでに亡くなった。だから、お前たちも気にすることはない」

兵たちは呆然《ぼうぜん》とヴォークを見つめる。

現実に感情が追いついてこなかったのかもしれない。

「ここから先はお前たちがやる仕事じゃない。無駄死にしたら、あのとき死んでいったやつらに顔向けできないだろう」

ヴォークは彼らに背を向ける。

「この国の兵ではない男なら、たとえ死んだとしても大局には影響はない。実行するのはそういう男でいい」

そして彼はその場をあとにする。引き留める者はいなかった。

フェリクスはなにも言わず、ヴォークに続いて部屋を出る。静まった部屋に扉が閉まる音だけが響いた。

◇

無言のまま歩き続けて宿に到着するなり、リタが尋ねた。

「さっき、どうしてあの人たちは黙っちゃったのかな？」

「リタさんは遠慮なしに聞きますね」

呆《あき》れるシルルカである。

普通は聞きにくいところだが、そもそもリタは話の流れを理解していなかったのかもしれない。

ヴォークは「いや、いいんだ。この際、話しておこう」と、過去を語る。

「『氷狼将軍』というのは、俺がこの国の騎士であったときのあだ名だ」

彼の告白に対し――

「そうなんだ。どこが狼《おおかみ》なの？　……わかった！　ボサボサの髪と服だ！」

ちっとも心情を汲《く》まないリタである。

これにはヴォークも苦笑い。

「勝手に決めないでくれ。俺の守護精霊が氷の狼だからだ」

「見たことないよ？」

「あれ以来、使ったことがないからな」

氷の狼の使い手となれば限られてくる。

他国にまで『氷狼将軍』の名前は知られているため、守護精霊を出せば生きていること
が知られてしまう。使うわけにはいかなかったのだ。

それからヴォークはリタの疑問に答える。

「あいつらは数年前のアイシーの戦いのとき、姫様を逃がすための部隊にいたやつらだ。

姫様を絶対に守るようにと俺が言いつけたんだが、あれからずっと、そんな約束を守り続
けているとは……」

「そうなんだ！　すごいね、騎士の鑑《かがみ》だね！」

「それにしても、カルディア騎士団の騎士とは大違いですね」

「二人とも、もう少し空気読んでやれよ。……というか、忠誠心がないのはカルディア騎
士団というより、銀翼騎士団の連中くらいだからな」

「団長さんは威厳がありませんからね。そこがいいところでもありますけど」

「リタは師匠のことお慕いしてます！　きゃっ」

「まったく……」

仕方のない部下たちである。

呆れていたフェリクスだが、ヴォークに向き直ると真剣な口調で聞く。

「行くつもりなんだろ？」

「すまん、団長。これが銀翼騎士団の仕事じゃないのはわかっている。ほかにすべき仕事があることも。……だが、これは俺がやらないといけないことなんだ。許可できないなら、騎士団から除名してくれても構わない――」

「なにか大精霊の手がかりが見つかるかもしれないしな。竜魔人の拠点も怪しいから調べる必要があるだろ」

「団長――」

「あれこれ悩むより、さっさと助けに行くほうが早いさ。さて、どうやって救出するか」

フェリクスはそうと決めると、今後の行動を考え始める。

ヴォークはしばしあっけに取られていたが、やがて頭を下げた。

「そうだったな。俺たちの団長はそういうお方だった」

「単純なだけですよ。ヴォークさんに策はあるんですか？　団長さんに任せたら、まずは敵の砦《とりで》を真っ二つにするとか言い出しますよ」

「姫様の場所がわからない以上、まずは情報を探ることになるが……」

「あ！　それならリタが行って助けてきます！　任せて!」

「リタさんが行っても捕虜が増えるだけなんですが」

「捕まらないから大丈夫だよ！」

「そもそもリタに捕虜の価値があるのか？」

「確かに。騎士団員ですらない、一介の村人ですからね……」

銀翼騎士団とともに行動しているとはいえ、いまだにリタは入団試験を突破していないのである。

（そろそろ団員にしてやってもいいんじゃないか）

そう思うフェリクスであるが、きっと団長権限で入団させるよりも、リタが自分で突破するほうがいいだろう。

「リタがいれば姫さんの居場所は見つけられるだろうが、移動の問題があるな……」

降りしきる雪の中を、彼女に行軍させるのは不可能だろう。

フェリクスが抱えていってもいいのだが、それだと戦いになったとき、彼が前に出にくくなる。

悩んでいるとリタの狐耳がぴょんと立った。

「アッシュさんが来たよ！」

「本当にあいつはいいタイミングで来るな。ケモモンに乗せてもらおう」

しばらくしてアッシュとキララが部屋に入ってくる。

「遅くなりました」

「休暇中のところすまないな」

「いえ、いつものことですから。団長はまた揉《も》め事《ごと》を起こそうとしているようですね」

「いつの間に聞いたんだ？」

まだアッシュには現状を話していないというのに、すでに把握されているとは。盗み聞きでもしていたのだろうか。

「先ほど兵士に尋ねられたんですよ。銀翼騎士団の居場所について教えてほしいと」

「なるほどな」

そのときに大まかな内容を聞いて、察したようだ。

フェリクスが詳しい状況を説明すると、アッシュはすぐに作戦を立ててくれる。

「敵に気づかれないように、シルルカさんの幻影の魔導で隠れながら移動しましょう。リタさんはケモモンに乗せますので、敵の位置を探るのに集中してください。ディーナさんの居場所がわかったら、団長とリタさん、ヴォークさんが侵入してください」

「任せて！　リタが悪いやつをやっつけちゃうよ！」

「いや、リタは道案内だけ頑張ってくれよ」

戦力としては期待されていないリタである。

とはいえ、見張りが多数いることが想定されるため、彼女が一番重要な役割を担うのは間違いない。

準備を進めるアッシュとキララに、フェリクスは相談する。

「いつ決行する？」

「行動するなら早いほうがいいでしょうね。国が動いてからでは遅すぎます」

「今夜は闇夜になるそうよ。精霊たちが教えてくれたの」

「忍び込むには都合がいいな。どうせ大部隊を動かすわけじゃないんだ。俺たちだけなら身軽に動ける」

「では、団長たちは準備が済むまで休んでいてください。長旅で疲れているでしょう」

「それはアッシュもだろ」

「団長にこき使われるのは慣れていますから心配は無用です」

「私が手伝ってあげるから、アッシュは大丈夫よ」

「キララさんの言うとおりです」

「そこまで言うなら、休ませてもらおうか」

フェリクスは部屋のベッドに横になり、ヴォークも椅子に腰かけて大斧《おおおの》を手に取り、瞑《めい》目《もく》する。

アッシュとキララが仲良く出ていこうとしたところで、二つの尻尾がぴょんと起き上がった。

「アッシュさんが珍しくキララさんに素直ですね」

「あ、わかった！　二人きりになりたかったんだね」

「カザハナの旅で距離が近づいたのかもしれません」

好き勝手な想像を膨らませるシルルカとリタである。

赤くなるキララ、眉をひそめるアッシュ。

「人に会いに行くので、二人きりではありませんよ」

「仲良くなったのは否定しないんだね」

リタがわくわくしながら言うので、アッシュはもうなにも言わずに部屋を出るのだった。

◇

その夜、フェリクスたちは町の外に向かっていた。

アッシュから準備が整ったと連絡があったため、フェリクスたちが到着次第、いよいよ決行となったのだ。

彼らの用意はバッチリである。

フェリクスもリタもシルルカも、寒くないように着込んできている。

ヴォークは斧《おの》が邪魔になるからと置いてきているが、彼の戦闘能力を考えると問題はないだろう。

町を離れるほどに吹雪《ふぶき》は激しくなり、視界が悪くなってくる。

リタに状況を確認するように告げると、彼女は狐耳を動かす。

「たくさんの人が集まっています」

「どういうことだ？　決行するのは俺たちだけだろ？」

「彼らも行くみたいです」

「もしや、アッシュが人員を用意したのか？」

いったいどこから人を集めてきたのか。アッシュはとても有能であるが、他国にまで伝《つて》はないだろう。

やがてその人員のところに到着すると、状況が明らかになった。ヴォークは呟《つぶや》かずにはいられない。

「お前ら、なんで……」

吹雪の向こうに見えたのは、裏路地の家に潜んでいた男たち――かつてディーナ姫を逃がすための部隊にいた連中だった。

「銀翼騎士団に雇われたんですよ」

彼らは傭兵《ようへい》の装備に身をやつしていた。今はこのホルム国の兵士ではないから、なにかあったとしても、大きな問題にならないということか。

やがて、フェリクスのところにアッシュがやってくる。

「安い賃金で働いてくれる優秀な傭兵《ようへい》がいたので、つい雇ってしまいました」

「お前なあ……」

「これなら銀翼騎士団の単独行動になりますね。元々うちだって傭兵の集まりみたいなものですから、問題はないでしょう」

「確かにそうなんだが……ちょっと待て。トスカラ陛下に迷惑をかけるんじゃないか？」

「団長が迷惑をかけるのなんて今更じゃないですか」

「ひどい。今回は俺じゃなくて、アッシュが首謀者だろ」

アッシュはそんなフェリクスに笑いかけた。

「失敗するような賭けなどしませんよ。我らが団長なら、必ずやってくれると信じているわけです」

「まったく。都合のいいときだけ俺を褒めるよな」

けれど、その大胆さがあってこそ、これまで幾度となくフェリクスを助けてきた銀翼騎士団のアッシュなのだとも思う。

フェリクスは、なにも言えずにいるヴォークの肩を叩《たた》いた。

「言うことがあるんだろ？」

「ああ、そうだ。俺が言わないといけない」

ヴォークは兵たちの前に出る。

皆がかつての上官をじっと見つめる。懐かしい顔ぶれだが幾分か老けていた。

氷狼将軍がこの国を逃げ出した、などと咎《とが》める者はいやしない。

彼らが期待しているのは、敬愛する姫君を助け出すこと。

誰も「氷狼将軍」が活躍した過去に縋《すが》ってはいない。今ここにいる「銀翼騎士団のヴォーク」に未来を託しているのだ。

彼らがそのように現実と向き合っている以上、ヴォークがすべきことは身の上話なんかではなく、自分ならばディーナ姫を助け出せるのだと示すことにほかならない。

「俺たちなら竜魔人どもから姫様を取り戻せる。どうか手伝ってくれ」

「お任せください」

皆が力強く応える。もうこれ以上、言葉はいらない。

アッシュは彼らの様子を確認した後、ケモモンを呼び出した。

「頼みますよ」

ケモモンは相変わらずのんびりした態度だが、シルルカとリタ、キララを乗せると、先頭を歩き始めた。

フェリクスとアッシュはその隣を行き、後ろではヴォークが兵たちを率いる。

彼らは降りしきる雪の中を駆けてゆく。視界が悪いが、むしろ敵からも見えなくて、都合がいい。

「さあ、雪の精霊たち！　私たちと戯《たわむ》れましょう！」

キララに招かれてやってきた精霊たちは、彼らの姿を雪で隠していく。

そしてシルルカは杖《つえ》を掲《かか》げて、幻影の魔導を用いる。霧《きり》が辺りを覆い隠したかと思えば、それはゆっくりと透明になっていく。この魔導により、外からはなにもないように見えているはずだ。

「よほど接近しなければ見つからないでしょう」

「よし。リタ、案内してくれ」

「はい！　行きます！」

吹雪《ふぶき》のせいで視界が悪い今、リタの聴力が頼りだ。

先頭を行くケモモンの上で、リタは手と耳を動かして合図を出す。それを見た者が後ろへと情報を伝えていく。

「はぐれた者はいないか!?」

「全員ついてきています！」

「近くに敵はいるか!?」

「前方に発見しました！　迂回《うかい》します！」

リタの合図によってケモモンは方向を変える。少しずつながらも、一行は敵の砦《とりで》へと迫っていく。

それから幾度となく立哨《りっしょう》を回避して進んでいくが、砦に近づくにつれて警備の竜魔人が増えてくる。

ここから先は強行突破せざるを得ない場面も出てくるだろう。

緊張感が高まる中、リタが告げる。

「二人組がいます！」

「迂回はできるか？」

「できないこともなさそうですが、別の場所にいる部隊に気づかれちゃうかもです」

「それなら突破したほうがいいな。増援を呼ばれる前に仕留めるぞ。一人は俺が倒すから、もう一人はアッシュがやってくれ」

「わかりました。タイミングは団長に合わせます」

リタが正確な位置を教えてくれるなり、フェリクスは勢いよく駆けだした。

雪に阻《はば》まれて目の前しか見えないが、なにも不安はない。リタが言う場所に行けば、必ず敵はいるはずなのだから。

（いたぞ！）

敵を視界に捉えて剣を抜く。

そして、フェリクスたちの接近に気づかぬ竜魔人へと一撃を見舞った。

音もなく青い血が雪を濡らしていく。フェリクスが剣の血を払ったときには、アッシュも剣を鞘《さや》に収めるところであった。

「さすがだな。いつもぴったり合わせてくる」

「そうでないと、団長にはついていけませんからね」

やがて二人の活躍を知ったリタが、部隊を率いてやってくる。そのときには、青い血も積もる雪に埋もれて消えかけていた。

彼らの足は止まらない。

阻《はば》む敵を切り倒し、激しく降る雪の中をひた走る。誰一人弱音など漏らしはしない。ただひたすらに目的地へと駆けてゆく。

（見つけたぞ！）

吹雪《ふぶき》の向こうに、おぼろげながらも巨大ななにかがあることが判明する。リタによれば、その周囲では大勢の竜魔人が見張りをしているとのことだ。

いよいよ砦《とりで》が近づくと、雪の吹きだまりの陰に身を隠す。あとは見つからないように息を潜めて、リタがディーナ姫の居場所を見つけ出すのを待つのみ。

じっと動かずにいると、風に体の熱を奪われて凍《こご》えそうになる。視界は悪く、いつどこから敵が現れるかもわからない。

そのせいか時間がたつのがやけに遅く感じられる。

（まだか、まだか……！）

リタは目をつぶり、狐耳を砦に向けてディーナ姫の位置を探るのに集中する。

だが、なかなか見つからない。まさか、すでにこの砦からディーナ姫は移動しているのか？　そうであれば、救出などしようがない。

リタが次に出した合図は、敵接近というものだった。

フェリクスは剣を抜き、いつでもやれるように構える。増援を呼ばれると不利だ。その前に仕留めてしまわないと。

たとえ、その立哨《りっしょう》からの連絡が途絶えたことで不審に思われる危険があるとしても、多少の時間は稼げる。

シルルカが幻影の魔導を用いて自分たちの姿をかき消し、アッシュが遮音の魔術を使い、キララが雪の精霊たちに隠してもらうようお願いし、じっと敵が通り過ぎるのを待つ。

（気づかず行ってくれよ）

やがて、目の前に数名の竜魔人たちが見えてきた。

フェリクスは遮音の魔術の範囲外に出て、彼らの会話を盗み聞きする。

「ったく、こんな日に見回りが当たるなんて、ついてねえなあ」

「もう少しの辛抱だ。人間どもから身代金をふんだくったあとは、連中の家を奪って快適な暮らしが始まるさ」

「あの女にそこまで価値があるのかよ？」

「そんときゃ嬲《なぶ》り殺して、やつらの城にでも首を投げ込んでやるだけさ」

「そいつはいい！」

竜魔人どもが笑う姿を前にして、フェリクスは剣を握りしめたまま動かない。

そのとき隣から歯ぎしりの音が聞こえてきた。目をそちらに向けると、ヴォークが拳を握りしめていた。

（落ち着け）

と目で伝えると、ヴォークは少しずつ呼吸を整えていく。

今の音で気づかれたかと連中を見た瞬間、

「あっ！」

竜魔人の一人が声を上げた。

視線の先には味方の兵が隠れている。まさか幻影の魔導が見破られたのか。いや、シルカの魔導が雑兵《ぞうひょう》に見破られるとは思えない。だが、確かにこちらを見ているのだ。

決断を迫られたフェリクスが足に力を込めて剣を掲《かか》げた直後。

「……なんもねえじゃねえか」

呆《あき》れたような声が聞こえる。

つんのめりそうになりながらも、フェリクスはそのままの体勢で止まった。

「ビビったか？　お前がたるんでるから気合いを入れてやろうと思ってな」

「ふざけんな、こいつ！」

竜魔人どもがふざけて小突き合っているのを見つつ、フェリクスは気づかれないように息を吐いた。

（こいつら……脅かしやがって！）

苛立《いらだ》つフェリクスとは対照的に、竜魔人どもは陽気である。

「そんじゃ、真面目に見回りでもするか」

「おう。こんな寒い中、俺らは偉いもんだよな」

竜魔人たちは笑いながら去っていく。もしかすると、すでに戦いに勝ったような気分なのかもしれない。

彼らの姿が消えたのを確認したところで、リタがひょいと眼前に現れて、じっとフェリクスを見ながら尻尾を振る。

遮音の魔術の範囲内に戻って尋ねてみる。

「見つかったのか？」

「はい！　見張りが居場所を話しています。ディーナ姫の声がまったく聞こえないので時間がかかっちゃいました。心音は聞こえるのですが、その場からまったく動いていないみたいです」

ヴォークはそれを聞き、会話に入ってくる。

「王族に伝わる氷の守護精霊が持つ力を使って、自分自身を氷に閉じ込めて凍らせたんだ。たとえ敵の手に落ちたとしても、連中の自由にはさせないために」

「生きてはいるんだろ?」

「ああ。だが、それだと部屋全体が凍っているだろうから、剣で氷を破壊すれば、その衝撃で姫様まで犠牲になる可能性がある。無事に助けるには溶かすしか方法はない。そういう魔術だ」

「部屋ごと切り出して運ぶわけにもいかないよな」

精霊王の力を使えばできないこともないが、敵の手の届かない所まで運ぶのは難しいだろう。どうするかと考えていると、リタが元気よく手を上げた。

「はいはい! リタに任せてください!」

「案があるのか?」

「もちろんです! ね、クーコ!」

呼び出されたクーコは小さな炎となって現れる。目立たないように控えめに登場させたのか、小さな手乗りサイズである。

リタの手のひらの上でクーコはふぅ、と小さな炎を吐く。

「なるほど。クーコの炎ならあっという間に溶かせるな」

「リタさんの実力のせいで忘れていましたが……リタさんには見合わないほどすごい守護精霊なんですものね」

「妖狐は滅多に契約できる守護精霊じゃないのよね」

「すみませんがクーコ、お願いできますか」

アッシュに頼まれてクーコは頷《うなず》いた。

皆がクーコを褒める中、リタは得意げな顔でフェリクスを見ている。今回は彼女のおかげでもあるから、フェリクスも素直に褒めた。

「さすがリタだな」

「えへへ」

「姫さんの居場所を詳しく教えてくれるか？」

「はい！　砦《とりで》の一番高いところです！」

砦を取り囲む壁に阻《はば》まれて内部はほとんど見えないが、飛び出している塔が見える。そこにディーナ姫は囚《とら》われているのだろう。

おそらく最後まで立てこもり、竜魔人と戦い続けたのだ。

「あそこか。入り口は地上にあるが、兵がいる中を上っていくのは面倒だな。どこか侵入できそうなところは――」

「窓がありますね」

額に手をかざして見ながらシルルカが示す先は、塔の最上階の窓だ。

非常時の脱出用か、はたまた敵に捕らわれるくらいなら、と身投げするためか。

「とはいえ、あそこまで登るのは至難の業だぞ」

塔の壁は突起が少なく登りにくい。

ここは氷の大精霊の影響でいつも雪が降っており、壁面は凍結している。手を滑らせれば、墜落死は免《まぬが》れないだろう。

襲撃者がそこまで登るのは難しいと見て、窓が設置されたのかもしれないが、常識には囚《とら》われない銀翼騎士団には、そんなことは通じない。

「団長さんならいけるのでは？」

「確かにそうなんだが、普通に登っていくのは時間がかかるし、リタも連れていかないといけない。楽だからといって翼を使うと目立ってしまうし、それは敵にバレてからの手段にしたいところだ」

とはいえ、なにも名案が浮かばなければ、精霊王の翼を広げて強襲することになるだろう。ポポルンなら飛んでいけるが、ディーナ姫を救出する方法がない。

フェリクスが考えていると、アッシュが告げる。

「あれくらいの凹凸《おうとつ》があるなら、簡単に登れるとケモモンが言っています」

「本当か！」

当のケモモンはいつもどおりの態度である。

「……本当か？」

「もちろんですよ。うちのケモモンは優秀ですからね」

今はケモモンとアッシュを信じるしかない。ダメだったときは、やはりフェリクスらしく、力ずくで突破すればいいだろう。

ヴォークや兵たちの心情もあるから口には出さないものの、ディーナ姫は氷の中にいるため竜魔人の攻撃も簡単には通用しないので、敵の盾《たて》にされる心配もあまりない。もし敵に気づかれたとしても、蹴散らして奪還してしまえばいいだけだ。

そうと決まれば、あとは行動するのみ。

「よし、突撃するか。救助したらさっさと逃げるぞ」

「行きます！」

リタがケモモンに飛び乗り、勇ましく宣言する。クーコもその腕の中で張り切っていた。

シルルカとキララが降りて、フェリクスとヴォークと入れ替わる。

「気をつけてくださいね。団長さんはすぐ無茶しちゃいますから」

「俺たちが遅くなったり敵に気づかれたりしたときは、先に離脱してくれ」

リタの耳があれば、シルルカたちの居場所は把握できるから、あとから追いつけるはずだ。

しかし、シルルカは首を縦には振らなかった。

「いやです。一緒に戻りましょう。だから無事に帰ってきてください」

シルルカはそんなわがままを言って、フェリクスをぎゅっと抱きしめる。

そして少し離れて杖《つえ》を振る。幻影の魔導を念入りにかけ直してくれるのだ。

彼女のためにもさっさと終わらせよう。気合いを入れるフェリクスの傍《そば》で、キララはケモモンを撫《な》でつつ声をかける。

「フェリクスさんの面倒を見てあげてね」

「……普通、逆じゃないか？」

思わず突っ込むフェリクスであるが、

「ケモモンは頼りになりますからね」

とアッシュが自信満々に告げるので、おとなしくケモモンに面倒を見てもらうことにした。

フェリクスとヴォーク、リタを乗せたケモモンは、リタの合図で動きだす。敵の視界に入らないように、こっそりと、そして素早く駆け抜ける。

あっという間に砦《とりで》の壁に到着すると大きく跳躍。その勢いを落とすことなく、わずかな突起を足場にするすると登っていく。

そうして壁を乗り越えると、中の様子が明らかになる。

悪天候のため、竜魔人たちはあまり外に出ておらず見張りは少ない。

（突っ切っちゃってください！）

リタの指示の下《もと》、ケモモンは塔に向かって突き進む。

降り積もった雪の中には、先日までこの砦を守っていたホルム国の兵たちの屍《しかばね》が転がっている。その姿はほとんど見えないが、確かに無念は伝わってくる。

（今、お前たちの姫さんを助けるからな）

そうでなければ彼らも浮かばれない。

塔の入り口付近は見張りが多く、地上から行けばどうしても見つかってしまう。

ケモモンは離れた建物を足場にして、塔へと跳躍した。

だが、壁面までは距離がある。このままでは塔の低い位置に辿《たど》り着いてしまい、竜魔人たちの視線に晒《さら》されてしまう。

（ポポルン！）

フェリクスはその守護精霊を目立たないようにこっそりと呼び出す。

現れたポポルンはケモモンの腹の下に回り込み、力強く羽ばたく。落下の勢いは次第に緩やかになった。

（よし、いいぞ！）

やがてケモモンは塔にがっしり張りつき、ポポルンに助けられながらよじ登っていく。

あっという間に最上階の窓に到着すると中を確認する。

部屋の中央には、サーコートを纏《まと》った女性が閉じ込められている巨大な氷塊があり、それは天井と床に接していた。

ヴォークを見ると、「姫様に間違いない」と返ってくる。ここまでは順調だ。

窓も凍っているが、ディーナ姫が閉じ込められている氷とは繋《つな》がっていないため、壊しても問題ないだろう。

「行くぞ」

フェリクスが窓を割って突入すると、部屋の外にいた竜魔人たちが音に反応する。それら数名は勢いよく扉を開けて侵入者を探し始めるが、そのときにはフェリクスとヴォークは敵との距離を詰めていた。

「ふんっ！」

鋭い刃が闇夜に一閃《いっせん》。竜魔人を断ち切った。

「うぉおお！」

ヴォークは竜魔人二人の頭を同時に掴《つか》むと、それらの頭を勢いよく打ちつけた。ガツンと激しい音がして、竜魔人は意識を失う。

状況が呑《の》み込めずおろおろする敵をポポルンが蹴り飛ばし、ケモモンが踏みつけた。ぐ

う、と音を立てて敵兵は動かなくなった。

見張りがあっという間に片づくと、フェリクスたちはディーナ姫のほうを見る。

クーコは通常サイズに戻っていて、勢いよく炎を噴出している。氷はじわじわと小さくなりつつあった。

「何事だ!」

物音を聞きつけた竜魔人が階下から駆け上がってくるなり、ヴォークは殴りかかる。

部屋に入ってくる敵を片っ端から倒していくも、離れたところから状況を察した者が叫んでしまった。

「侵入者だ! 捕虜を取り戻しに来たぞ!」

その情報は砦中《とりで》に広まっていく。

ヴォークは竜魔人を蹴り飛ばしながら、フェリクスに視線を向ける。

「ここまで伝わっちまったら、もう暴れても関係ないだろ?」

「ああ。遠慮なくやっていい」

「嬢ちゃんよ、姫様を助け出すのに、まだ時間がかかるか?」

「えっと……」

リタはクーコをちらりと見る。ずっと炎を噴き出し続けており、リタのほうを気にするそぶりはまったく見せない。

「まだかかるって言ってます！」

「いや、なにも言ってないだろ」

フェリクスは思わず突っ込んだ。

アッシュじゃあるまいし、無言の守護精霊と通じ合っているわけでもなかろう。

ヴォークは「そうか」と言って頷《うなず》き、部屋の外に出るなり腕を伸ばした。手の先に氷が生じると長く伸びて、鋭利な刃《やいば》を形作っていく。

彼の手が掴《つか》み取ったのは氷の大剣。ホルム国の英雄「氷狼将軍」がかつて振るった武器である。

「ふんぬっ！」

ヴォークは数年ぶりに手にした剣を勢いよく振るい、部屋の入り口の上部を破壊する。

崩れ落ちた天井は積み重なり、入り口を塞いで防壁となる。

それに阻《はば》まれてヴォークの姿はもう見えなくなった。

「おい、ヴォーク。一人で戦うつもりか」

「姫様を助けたら、先に逃げてくれ。俺は一人でも脱出できる」

彼の守護精霊は氷の狼《おおかみ》だ。幾度となく戦場を駆けており、走れないことはない。だが、高所からの落下となれば話は別だ。

「この塔を出るには入り口まで下りないといけないだろ。竜魔人の増援を全部倒すのは無茶だ」

「無茶だなんて言葉、団長だけには言われたくねえな」

「こんなときに、なに言ってるんだ――」

「さあ、姫様を頼んだぞ」

ヴォークは一歩たりとも部屋には入れない気概で、迫る竜魔人を叩《たた》き切る。

彼の実力なら敵に後れは取らないだろうが、持久戦となればどうなるか。なにより、ここで立てこもることになれば、すべての敵を切らねば脱出はできない。

クーコの様子を見るに、ディーナ姫の氷が溶けるまで時間がかかりそうだ。

(この騒ぎが伝われば、シルルカたちも見つかりやすくなってしまう)

どこかに脱出のための別働隊が潜んでいると、普通は考えるだろう。竜魔人がそちらに向かう前に、この塔から離れたいが……。

フェリクスがじれったく思っていると、ラッパの音が響き渡った。

「これで砦《とりで》中に広まってしまったな」

「敵がこの塔に集まってきています！」

リタが慌てた様子を見せる。かなりの数なのだろう。

様子を確認すべくフェリクスが窓のところへと駆け寄り、地上を見下ろす。砦の建物のあちこちから竜魔人が飛び出し、塔を包囲しようと動いている。

ここから決して逃がしはしないつもりなのだろう。

集まってくる敵を睨《にら》んでいると、視界の端で光が迸《ほとばし》った。

放たれたのは漆黒の炎。

それはフェリクスたちがいる塔の最上階目がけて迫ってくる。

「姫さんがいるのもお構いなしか！」

「あわわ！　師匠、助けて！」

炎はリタの悲鳴ごと塔を呑《の》み込む。勢いよく通り過ぎた炎が中空に消えてなお、塔は漆黒を纏《まと》っていた。

轟々《ごうごう》と炎が音を立てる中、煙が晴れて状況が明らかになる。

そこにあったのは透明な銀の腕。フェリクスが用いる精霊王の力だ。

その背後のディーナ姫とリタ、そしてケモモンとポポルン、クーコもまったくの無傷であるが、塔の天井は吹き飛んで風が吹きつけてきていた。

「……あいつか」

フェリクスは攻撃の来た方向に視線を向けるなり、眉間に皺《しわ》を寄せる。

無数の骨をつけた鎧《よろい》を纏った竜魔人が、巨大な竜に騎乗していた。黒い炎を吐いたのは竜のほうらしく、口の端から火の粉が漏れ出ている。

ディーナ姫の氷を溶かさなかったのは、この炎が普通と違う性質を持つからだろう。

付近に撒《ま》き散らされた火の粉に近づいても熱はない。そして天井を消し飛ばしたことから、衝撃を与える効果があると見える。

(姫さんを氷ごと粉砕する可能性があっても、おかまいなしか!)

竜魔人の中でも戦闘に長《た》けた将軍などは、こうした魔法をよく用いていた。かつての戦争で、実力のある者も次々と戦死していったが、この男はその地獄を乗り切ったのだろう。

「師匠! あんなやつ、やっつけちゃってください!」

「今は脱出が優先だから後回しだ」

相手が攻撃を続けてくるようであれば迎え撃つ必要があるだろうが、フェリクスが遠距離から仕掛けることができるのは精霊王の翼を用いた攻撃くらいだ。魔術がろくに使えないため、この距離は迎撃にはあまり向いていない。

精霊王の力で暴れることもできるが、今はまだ温存しておきたい。

かといってここを離れて攻め込めば、リタとディーナ姫が無防備になってしまうから、今は時間稼ぎに専念していればいいだろう。

骨を纏《まと》った竜魔人は奇襲を仕掛けるのが目的だったようで、二度目の攻撃はしてこなかった。あの大技を何度も続けて使うことはできないのだろう。

あるいは、この距離で撃っても当たらないと踏んだのか。

しかし、座して待つ気はないようだ。弓兵を集めており、塔から出る者をいつでも狙撃できるように狙っている。

「師匠！　やりました！」

振り返ってみれば、リタが両手を上げて大喜びしている。

氷は一部だけディーナ姫の体に付着して残っているものの、運び出すのには問題ない程度には溶けていた。

「よし、脱出するぞ！」

フェリクスはディーナ姫を抱えてケモモンに飛び乗った。

リタはその後ろからフェリクスにしがみついた。クーコはいつの間にか小さな姿になって、リタの肩に乗っている。

そしてケモモンが向かう先は、窓ではなく部屋の入り口のほうだ。

積み上がった天井の破片を前足で押しのけると、隙間に頭を突っ込んで向こう側を覗《のぞ》く。

ヴォークは少し離れたところで剣を振るっていた。

「逃げるぞ」

「俺はここで粘ってる。先に行ってくれ。姫様も乗せたら重量オーバーだろ」

「そのくらいじゃなんともない。ケモモンの目も乗っていけって言ってるぞ」

「いい加減なこと言うなよ、団長」

ケモモンはじっとヴォークを見つめている。

そうなると、彼もフェリクスの言うことが真実のようにも聞こえてきたのかもしれない。

どうするかと逡巡《しゅんじゅん》し始めたが、時間の猶予はなかった。

「うおっ!?」

じれったくなったのか、隙間を通って向こう側に飛んでいったポポルンが、ヴォークをがっしりと掴《つか》んで引っ張ってくる。

そしてわずかな隙間にもかかわらず、ぐいぐいとヴォークを通した。

「いて、いてえ！　ったく、主人に似てめちゃくちゃだな！」

「俺に似て部下思いだろ」

「ポポルンの部下になった覚えはねえ！」

「ともかく、まずは脱出するぞ。ケモモン、頼む！」

ヴォークが部屋の中に戻ってきたため入り口を守る者はいなくなり、階下から竜魔人が迫ってきている。もう時間はない。

ケモモンは猛然と部屋の中を駆け回って勢いをつけ、竜魔人が部屋に足を踏み入れると同時に跳躍した。

先ほどの攻撃で天井は壊れており、どこからでも飛び出せるのだ。キララやシルルカがいれば、雪吹《ふぶ》いてはいるものの、姿を完全に隠すには至らない。

をうまく使ってごまかせたのかもしれないが……。

「攻撃してきました！」

地上の弓兵たちが一斉に矢を放つ。この瞬間を待っていたのだろう。

それらが迫ってくると、クーコが炎を噴く。

木製の矢柄《やがら》はあっという間に燃え尽きるも、鉄の鏃《やじり》は残っている。このままではケモモンの腹に突き刺さってしまう！

「ポポルン、頼む！」

それらに撃ち抜かれる前に、ポポルンは宙を飛び回って鏃を蹴落としていく。

「くそ、数が多いな！」

フェリクスも剣を振るって近くに来たものを弾くが、空中で身動きが取れない以上、それにも限界がある。

やがてしっかりと狙いを定めてくる敵も現れた。

「このままだと狙い撃ちにされちゃいます！」

「飛ばすぞ！　しっかり掴まってくれ！」

フェリクスはケモモンをがっしりと掴むなり、銀の翼を広げた。

それはあたかも存在を誇示するかのように、吹雪《ふぶき》などものともしないまばゆい光を解き放つ。敵の中には目を奪われて、攻撃の手を止める者すらあった。

竜魔人どもの視線が一点に集まるが、そんなことはもはや関係ない。

急激に加速すると、無数の矢が飛び交う中を突っ切っていく。

「あわわ！ 矢が刺さっちゃいそうです！」

「心配するな。全部俺が弾く！」

フェリクスは銀の翼を広げてケモモンをすっかり覆い、手甲《てっこう》のように銀の光を纏《まと》った腕を振るった。

それはありとあらゆる上空の矢を撃ち落とし、吹雪をも払っていく。

晴れ渡った空を滑空し、ケモモンは地上に降り立った。フェリクスが銀の翼を消すと、この吹雪の中では正確な居場所はわからなくなる。

まだ敵が付近に少ないうちに、この場を離れなければ。

「シルルカたちのところに戻るぞ。リタ、向こうの状況はどうだ？ もう脱出してるか？」

「いえ、あの場所にいます！」

リタがこちらにいる以上、シルルカのほうからフェリクスたちの状況を知るすべはない。それでも信じて待ってくれていたのだ。

「早く戻らないとな」

フェリクスは決意を新たにする。そんな思いが伝わったのか、ケモモンはさらにペースを上げて駆けていく。

「蹴散らすぞ！」

立ち塞がる竜魔人は少人数だ。こちらの居場所を把握できておらず、探している最中なのだろう。

その程度であれば、てこずることはない。

フェリクスが剣を振るうまでもなく、ケモモンは敵を踏んづけながら突き進む。

そしていよいよ砦《とりで》の端に辿《たど》り着くと、壁を越えて外に飛び出した。

そこで見えたのは、竜魔人と戦闘中のアッシュたちだ。彼らが動こうとしないため、敵は集まってきて、遠くから投擲《とうてき》武器を使っている。

「アッシュ！　姫さんを救助したぞ！」

「待ってましたよ。それでは行きましょうか」

フェリクスは空中でケモモンから飛び降りると、敵中へと飛び込んでいく。

「来るぞ！」

竜魔人たちが剣を構えるが、それよりも早く銀の腕が伸びる。

数名をふん捕まえて投げ飛ばし、隊列が崩れたところから切り込んでいく。あっという間に弓兵のところに辿《たど》り着くと、無防備な胴体に一撃を放った。

「ぐわあああ！」

「こいつ、この数に敵《かな》うと思ってるのか！」

竜魔人たちはフェリクスを取り囲むが、彼ばかりに気を取られていると、背後から襲われて次々と倒れていく。

ポポルンが敵を蹴り飛ばしたり、掴《つか》んで投げたりと大暴れしているのだ。

「助かる！」

頼りになる相棒だ。

ポポルンがこちらにいるということは、ケモモンはアッシュたちと無事に合流したということだ。そちらを一瞥《いちべつ》すると、すでにシルルカとリタ、キララを乗せて離脱の準備は整っていた。ディーナ姫もバッチリ保護している。

「師匠！　来てください！」

「よし！　全員離脱するぞ！」

フェリクスはポポルンとともに敵の包囲を脱すると、兵たちを率いて進み始める。深く積もった雪を、彼らは力強く踏みしめた。

「追え！　逃がすな！」

竜魔人たちは声を上げて追ってくる。その数は、時間がたつほどに増えつつあった。

背後から迫る敵を見ながら、キララは花の髪飾りを宙に解き放った。

「精霊たちよ、咲き誇りなさい！」

花の髪飾りは光を帯びて、氷の精霊たちを呼び寄せる。

花の周囲が氷に覆われて塊になったかと思えば、そこから枝を伸ばしていく。氷の樹木は鋭く伸びて、竜魔人へと襲いかかった。

「うわあああ！」

「なんだこれは！」

竜魔人どもは剣で切り払うが、切り口からはすぐに枝が伸びて彼らを絡め取っていく。

追跡の手が弱まったのを機に、フェリクスは先を急ぐ。ラッパの音を聞き、すでに兵はこちらに集まっているようだが、まだ統率は取れていないはず。

「リタ！　敵の少ないところを教えてくれ！」

「どこも多いです！　いっぱいいます！」

「その中でもマシなところはないか!?」

「えっと、ちょっと南寄りのところはマシです！」

「案内を頼む！」

リタは狐耳を精一杯動かして、敵の居場所を探る。そのたびにケモモンに伝えて、進行方向が変わっていく。

騎士団員ではないリタだが、誰もが彼女を信頼し、その命を預けていた。

「もうすぐ敵が見えてきます！」

「俺が道を切り開く！　臆《おく》するな、続け！」

フェリクスは先頭を行く。

やがて遠くに数十人もの竜魔人が見えてくる。彼らはフェリクスたちを見つけると、大声を上げて向かってきた。

「いたぞ！　あそこだ！」

「女を捕まえろ！　ほかはどうでもいい！」

功名心に駆られてか、連中は勢いよく迫ってくる。走るケモモンを前にして、怖《お》じ気《け》づく様子はまったくない。

「団長さん！」

「行くぞ！」

フェリクスは銀の翼を小さく広げると、その光を剣に纏《まと》わせる。遠方からは見つからないようにしたものの、まばゆい光は隠せない。

竜魔人たちが息を呑《の》む中、フェリクスは剣を一振りした。

「道を空けろ！」

銀の光が一閃《いっせん》。

光が進む直線上にあったものは雪も氷も空気も切り裂かれ、竜魔人は消し飛んだ。彼らは一瞬のことに呆然《ぼうぜん》とするしかなかった。

そして敵のいない道ができあがる。先の攻撃で雪が抉《えぐ》られ、大地が見えていた。

「続きます！」

シルルカは杖《つえ》を掲《かか》げ、魔導を用いる。

凍結している地面が盛り上がり、生き残った竜魔人を押しのけていく。この状況で果敢に攻めてくる者はいなかった。

ケモモンは悠々と道を進み始める。

「なんとか逃げ切ったか？」

「まだです！　砦《とりで》から出てきた部隊がすごい勢いで近づいてきます！」

「竜騎兵か！」

「このままだと追いつかれちゃいます」

追跡のための部隊なのだろう。動きがかなり速い。

対してこちらは、ケモモンを除くと歩兵だけで構成されている部隊であり、戦いながら逃げていては敵の本隊に追いつかれる可能性が高い。

次第に敵の足音が聞こえるようになってくる。遠くに見えるようになったのは、全身に骨を纏《まと》った竜騎兵と、その配下だ。

ヴォークは敵を睨《にら》みつけながら、フェリクスに告げる。

「あいつは俺がやる。団長は姫様を頼む」

「かなりの実力者だが、俺がいなくても平気か？　仇討《かたきう》ちにこだわっているのなら、止めざるを得ないが……」

「姫様を守るのは団長が最適だ。だから俺が殿《しんがり》を引き受ける。それだけのことだ」

ヴォークは素性も過去も因縁も関係なく、ただ純粋にディーナ姫を守るために剣を握っている。

であれば、止める理由などない。

「それならいい。ぶっ倒してこい！」

「おう！」

「無事に戻ってこいよ。お前ならできるだろ？」

「もちろんだ。どんな不可能も可能にしてしまうのが銀翼騎士団だからな」

ヴォークが反転して立ち止まり、敵に向き合うと、かつての部下たちが彼の傍《そば》にやってくる。

「お供いたします」

「お前ら……」

「別に将軍のためではありませんからね。我々の意思で姫様を守るために戦うのです」

「そいつは頼りになるな」

敬愛する姫君のために、命を賭《と》して戦うのだ。そこには身分も国も関係ない。姫の護衛に回った者もいるため、ヴォークのところに来たのは少数だが、本当に頼もしい連中である。

ヴォークが氷の大剣を掲《かか》げると、その下に光が集まってくる。

「さあ、久しぶりに暴れてやろうぜ、相棒！」

光は氷となり、やがてそれは巨大な狼《おおかみ》となって動き始めた。

ヴォークが飛び乗り、遠吠《とおぼ》えがこだまする。氷狼将軍としての生き方をやめたときから、ずっと見せてこなかった姿だ。

しかし、この闇夜の中では誰が見ていようか。

「行くぞ！」

銀翼騎士団のヴォークは勇ましく敵へと挑んでいく。

フェリクスはその姿をしばし見ていたが、すぐに前を向いた。

彼がすべきことは、ヴォークを心配することじゃない。無事にディーナ姫を町まで護衛することだ。

ちらりと彼女のほうを見ると、いつしか意識を取り戻していた。

「あれは……」

ディーナ姫はぼんやりとした表情のまま、ヴォークの姿を眺め続けていた。

◇

ヴォークが立ち向かう相手の全貌がはっきり見えてきた。

竜騎兵は数十騎なのに対し、ヴォーグが率いる兵の数はその半分にも満たず、いかに屈強な騎士といえども数の不利は覆しがたい。さらにこちらは歩兵であり、騎兵とではやはり差がある。

だというのに、ヴォークは笑みを浮かべた。

「不思議と負ける気がしないな」

相棒である氷の狼もまた、迷わずに進んでいる。

「まずは挨拶代わりに一発、かましてやろうぜ」

氷の狼の跳躍に合わせて、ヴォークが氷の大剣を投げつけると、先頭を駆けていた竜に突き刺さった。

「ギュオオオオオ！」

絶叫を上げて竜は倒れ込み、その背に乗っていた竜魔人は雪上へと投げ出された。後続の竜は彼を避けるために少々列が乱れるが、精鋭らしくすぐに元通りに整える。

ヴォークの奇襲に対して、向こうもなにもせずにいたわけではない。

武器を持たない状態のヴォーク目がけて飛び込んでくる竜がある。その背に乗っているのは、骨を纏《まと》った竜魔人だ。

「ウォオオオオ！」

雄叫《おたけ》びとともにヴォークの頭目がけて大剣が繰り出される。それはすさまじい勢いと質量を誇っており、激しい音を響かせた。

だが、血は一滴も流れていない。ヴォークの左手に生じた氷の盾《たて》が、敵の剣をしっかりと受け止めていた。

互いの顔が見える至近距離でせめぎ合いながら、両者は言葉を交わす。

「我が名は竜骨将軍！　貴様ら人間どもを滅ぼし、この地を制覇《せいは》する者なり！」

「あんたのことはよく知ってるさ。恨みはあるが、今はそんなことはどうでもいい。よくも我らが姫様を襲ってくれたな」

「まさか……氷の狼《おおかみ》、そして氷の剣。貴様は氷狼将軍か！」

「その男はすでに死んださ。俺は銀翼騎士団の騎士『大斧《おおおの》のヴォーク』だ。竜魔王を打ち倒した無敵の騎士団の力を見せてやる」

「ふん。ならば貴様に二度目の死をくれてやろう！」

竜骨将軍が大剣を振るうと、ヴォークはその勢いを利用して距離を取る。

両者が対峙《たいじ》する中、あちこちで白兵戦《はくへいせん》が始まる。兵は竜騎兵に果敢に挑みかかり、二人の戦いに横槍《よこやり》が入らないようにしていた。

「敵をヴォークさんに近づけるな！」

それに負けじと竜魔人たちも叫ぶ。

「踏み潰せ！　敵はわずかだ！」

「こんな捨て駒に構うな！　進め！」

いくつかの竜騎兵は迂回《うかい》して西に向かっていく。ディーナ姫を取り戻すために動いているのだろう。だが、ヴォークに不安はない。

向こうにはどんな敵も打ち倒す、最強の騎士団長がいるのだから！

(団長なら、あの程度は障害にもならない)

あっさりと一太刀の下《もと》に切り倒すだろう。

だからここでヴォークがすべきことは、目の前の相手を仕留めることだ。雑兵《ぞうひょう》なんか気にしなくていい。

「竜骨将軍、覚悟しろ！」

ヴォークは氷の大剣を握りしめると、狼を駆って敵に迫る。

そして竜骨将軍もまた、大剣を掲《かか》げて竜を駆る。

「返り討ちにしてくれる！」

そして両者は激突し、激しい打ち合いが始まる。

吹雪《ふぶき》の中、竜と狼《おおかみ》の咆哮《ほうこう》が響き渡った。

◇

砦《とりで》から無事に逃げおおせたフェリクスたち一行は、町外れの建物に集まっていた。

兵たちはディーナ姫を休ませながら声をかける。

「姫様、ご無事ですか」

「ええ。おかげさまで助かりました」

体調も悪くないようで、兵たちはすっかり安堵《あんど》した様子である。

そんな雰囲気に流されることなくアッシュが切り出す。

「今後のことについて相談なのですが、今回の件は姫様が事前に用意しておいた策ということにしていただけませんか？」

「どういうことでしょうか？」

「銀翼騎士団が通告もなしにホルム国の戦争に介入したとなれば、国際問題となります。かといって、ホルム国の兵たちが率先して行ったということにしても、独断で行動したとされて懲戒の対象となり得るでしょう」

「そんな……」

「一方で姫様が雇っておいた傭兵《ようへい》が、事前の策どおりに救助したという筋書きならば、丸く収まるわけです」

「わかりました。ですが彼らは処罰も覚悟の上で、称えられるべき行いをしました。事実を曲げることは、その勇気を無下《むげ》にすることになってしまいます」

「それは問題ありません。姫様のご無事が、彼らにとってはなにより得がたいものなのですから。それに銀翼騎士団としては、傭兵としての給金を払ってもらえるならなにも不都合はありません」

こんなときでも自分たちの利益を確保しておくあたり、ちゃっかりしているアッシュである。

ディーナ姫は「精一杯の報酬をお支払いいたします」と微笑《ほほえ》むのだった。

「今後のことは、私たちのほうで進めていきますので、姫様は少しお休みください。お疲れでしょう」

「お気遣いありがとうございます。では、お言葉に甘えさせていただきます」

ディーナ姫は休憩のための一室に赴く。

彼女がいなくなってから、フェリクスはアッシュに視線を送った。

「まったく、もう少し感動に浸っていてもいいだろうに」

「いえ、こういう打ち合わせは早めに済ませておくべきなんです。早ければ早いほど準備の時間が取れますし、先手が打てますからね」

「それはそうだが……」

「なにより、竜魔人が追撃してくる可能性もありますし、報告は急務なんですよ。それを怠れば、場合によっては銀翼騎士団が敵を引き寄せたと見なされるでしょう」

「うっ、それは困るな。いやはや、アッシュは本当に頼りになるな。よし、そういう作業は任せるぞ！」

フェリクスはアッシュの肩をぽんと叩《たた》く。

「本当に調子のいい団長ですね」

アッシュは呆《あき》れつつも、「お任せください」と答えるのだった。

「それじゃフェリクスさん、またね」

キララはアッシュと腕を組みながら、各方面に現状を報告するために建物を出ていく。

二人で一緒にいるのがすっかり当たり前になっているようだ。

そうして皆が動き始めると、フェリクスは周囲を見回す。

今回大活躍だったケモモンは豪勢な食事を与えられており、ポポルン、クーコと一緒に堪能していた。ディーナ姫が用意させてくれたのである。

フェリクスもゆっくり休もうか、と辺りを見回すと、近くにはシルルカしかいない。

「あれ？　リタはどこに行ったんだ？」

「さっき姫様についていったのを見ましたが……」

「……なにしに行ったんだ？」

迷惑をかけていないといいのだが……。

リタもそれくらいの分別はあるだろうが、王侯貴族との交流なんて一度もないから、知らないうちに無礼を働いてしまう可能性もある。

不安になってしまうフェリクスだった。

◇

「悪いやつが来てもリタが追い返しちゃいます！　安心してください！」

ディーナ姫が腰かけるソファの隣で、リタは握り拳を作って言う。

彼女が不安にならないように、落ち着くまで護衛としてついてきたのである。

「それは頼もしいですね」

「えへへ」

すっかり浮かれるリタである。

もちろん、ディーナ姫のほうがはるかに高い武力を持っているため、護衛としてはまったく役に立たないのだが。

今回、リタが大活躍したという話をディーナ姫も聞いていたから、リタが実力者であると信じてしまったのかもしれない。あるいは、リタの率直な性格を知ってのことか。

しばらくリタを見ていたディーナ姫は、ふと尋ねた。

「リタさんは戦うことが怖くないんですか？」

「はい！　リタは騎士ですから！」

「すごいですね。私は……いつも怖くて仕方がないです」

ディーナ姫は小さく笑う。そうしていないと、今も戦いが思い出されて、恐怖で体が震えそうになる。

リタは、そんな彼女の気持ちを否定しなかった。

「それが普通だと思います。でも、リタには師匠がついていますから。困ったことがあったら、なんでも助けてくれるんです」

「銀翼騎士団の団長……あの方はやはり、竜魔王を討ったフェリクス様なのですね」

「お姫様でも知ってるなんて、師匠って有名人だったんだ！」

「わが国は竜魔人との戦いが長かったものですから、彼が竜魔王に打ち勝ったことは国中の話題になりました」

その話を聞いてリタは誇らしげになる。彼女の赤い尻尾《しっぽ》はぶんぶんと揺れ動いていた。

　ディーナ姫はおずおずと尋ねた。

「あの、銀翼騎士団について聞いてもいいですか？」

「はい！　なにが聞きたいです？」

「私を助けてくれた方――あの大柄な男性はどのようなお方なのかと思いまして」

「ヴォークさんは豪快な人です！」

「そうなんですね。どこのご出身でしょうか？」

「この国だそうです。……あっ、もしかして姫様の知り合いですか？」

　リタの問いにディーナ姫は少し困ってしまった。そこで「私のよく知る人に似ていたもので」と口にする。

　ちょっぴり好奇心を刺激されたリタは話を続ける。

「数年前の戦争中に夜嵐騎士団はこの国に来ていたんですが、そのときに師匠が勧誘してきたんです」

「もしかして、夜嵐騎士団の団長がお亡くなりになったときでしょうか」

「あ、そうです。アイシー地方に来ているときでした」

「それではやはり……あの人なんですね」

　ディーナ姫は目を伏せた。

　リタはその様子に困っておろおろしつつも確認する。

「やっぱり、知り合いだったんですか？」

「ええ。……この話は内緒にしてほしいのですが、よろしいでしょうか？」

「はい！　口外しません！　騎士の誓いです！」

「ふふ、リタさんは立派ですね」

いつも騎士扱いされないため、つい嬉《うれ》しくなってしまうリタである。尻尾を揺らしながらご満悦だ。

ディーナ姫は懐かしむような、悲しそうな表情を浮かべて語り始めた。

「あの人は昔、氷狼将軍と言われていたのですよ」

「あ、守護精霊が氷の狼《おおかみ》だって聞きました！」

「そうです。常勝の英雄として民は誇りに思っていたのです」

「そんなすごい人だったんだ。ただのおじさんだと思ってた。氷の狼も、さっき初めて見ました！」

「過去を隠しながら生きているからでしょうね」

リタは気になって、ぴょんと狐耳を起こした。

ディーナ姫はそんなリタを見て微笑《ほほえ》みつつ、少しばかり昔話をする。

「この国の将軍は、王族がなることに決まっていました。でも、弱い私は戦いに行くのが嫌で、将軍を拝命する日に逃げ出してしまいました」

「大丈夫だったんですか？」

「もちろん、あとでたっぷり怒られましたよ。私を探して城中が大騒ぎになりましたから」

けれど、悪いことばかりではなかった。

「庭園に隠れて泣いていた私を見つけたあの人は、それなら自分が代わりに将軍になろうと言ってくれたんです」

手を汚さなくていい、それは自分がやろう、と力を添えてくれた。

「ヴォークさんは王族だったんですか？」

「違いますよ。ですから、彼は本物の将軍ではありません。でも、ずっと私の代わりに、この上なく立派に将軍として戦ってくれました。お飾りの将軍となった私のことを知らない民がいるくらいに」

戦や武芸の才能があるわけでもないディーナ姫が余計なことをするよりも、氷狼将軍に任せればいいという政治的な意味合いもあったのだろう。

他の優秀な将軍たちは戦果を上げていたが、ディーナ姫はずっと、そんなふうに氷狼将軍の背後で守られていた。

リタはそんな話を聞いて、目を輝かせる。

「素敵な出会いです！」

「ええ、本当に。……でも、そのせいで、私は彼を死地に追い込んでしまいました」

ディーナ姫は表情を曇らせる。

ゆっくりと一呼吸置いてから、氷狼将軍が死んだ日のことを話し始めた。

「あの日、私には後方の守りを固めるように彼は言いました。大事な任務だから必ずやるように、とも。彼の言葉はいつも信じていましたから、私は疑うこともなく言われるがままに動きました。……いえ、それは嘘《うそ》ですね」

彼女は即座に自分の言葉を否定した。

「本当は彼が嘘をついていることもわかっていたんです。戦争は日ごとに激しさを増して、後方にいる私のところまで矢が飛んでくる有様で……あのときは怖くて、もう限界でした。彼はそれを知って、私を安全なところに遠ざけようとしたんです」

ディーナ姫と氷狼将軍の部隊は、いつしか国内で最も激しい戦場にあった。

部隊が勝利を重ねるうちに、氷狼将軍も彼女を庇《かば》いきれない前線まで来てしまっていたのだ。

「頼りになる英雄の判断は間違っていないはず、きっと私がいては邪魔になると思ったに違いない――。だから私は彼が戻ってくるまで守られていればいいって、逃げ出す理由を作ったんです」

そして届いたのが、敗北の知らせと血にまみれた彼の衣服であった。遺体はひどい状態で、見た目には誰なのか判別もつかなかったという。

「彼を死なせてまで生き延びたかったわけじゃない。でも、そのときにはもう取り返しがつかなくて。いつも守ってくれた彼の背中はもう見えなくて——。けれど、やっぱり私が行っていたとしても、なにもできなかったでしょう。全部、全部……弱い私が悪かったんです。だから、強くならないといけなかったんです」

それからディーナ姫は、自ら戦場へと足を踏み入れるようになった。

守られてばかりではいけない。

大事なものはもう取り戻せないけれど、縋《すが》る背中はないけれど、それでも剣を手に取るしかないのだ。

「勇敢だから戦っていたわけじゃないんです。そうしていないと、彼を死なせてしまった責任に押し潰されてしまいそうで、震えながらでも戦場に行くことしかできなかったんです。その結果、『冷血将軍』なんて言われるようになってしまいました」

氷の守護精霊を扱い、己《おのれ》の流れた血を凍結させて刃《やいば》として敵を殺したことや、冷酷に敵を仕留めることから冷血将軍とあだ名されるようになった。

しかしその実、弱い本心を表に出さないために、自分を押し殺していたにすぎない。

だから今も、少し気を緩めれば泣きだしそうになってしまう。

「でも、氷狼将軍は生きてたんですよね？」

「ええ、そうですね。まさか彼が生きていたなんて……」

その事実を口にすると、もう堪《こら》えきれなくなった。

ほろりと涙がこぼれる。

「本当によかった」

「帰ってきたら、会ってお話をしましょう！」

リタが提案するも、ディーナ姫は首を横に振る。

「彼が帰ってきてくれただけで私は十分幸せです。今まで姿を消していたわけですから、なにか理由があるのでしょう。それに……私の顔なんて見たくもないかもしれません」

「そんなことないよ！」

リタは身を乗り出してから、はっとする。

「あ、えっと……ヴォークさんは姫様を苦しめるような人じゃないです。あのときも、姫様を助けたくて頑張ってました！」

「そうですね、いつでも優しい人ですから」

懐かしむようなディーナ姫の表情は、寂しげにも見える。

リタは彼女をしばし見つめていたが、やがて拳を握って宣言した。

「わかりました！　リタが手助けしてあげます！」

「え、ですが……」

「遠慮しなくて大丈夫です。リタはお友達なんですから！」

「友達……いいのですか？　私はこんな身分ですし、迷惑をかけるかもしれません」

「大丈夫です！　リタは大精霊様とだって、お友達なんですよ」

「大精霊様と!?　それはすごいですね！」

「えへへ」

褒められて照れるリタである。

そんな彼女は狐耳をぴょんと立てると、建物の入り口のほうに向ける。足音が近づいてきていた。

「ヴォークさんが戻ってきたみたいです」

「わかるのですか？」

「リタの耳はなんでも知ってるんです。行きましょう！」

リタは立ち上がると、友達としてディーナ姫の手を引きながら、ヴォークのところへと向かうのだった。

◇

フェリクスはアッシュの報告を聞いていた。

アッシュはあっという間に仕事を済ませて、キララと一緒に先ほど戻ってきたところだ。

「……というわけで、各方面への報告と連絡は済ませました。万が一、竜魔人が諦めずにまた攻め込んできたとしても対応できるはずです」

「さすがだな」

「とはいえ、今回の一件には銀翼騎士団も関与しています。見て見ぬ振りはできませんから、敵が大軍で攻めてきた場合は団長にも出てもらいますね」

「ああ。戦いなら任せてくれ」

「それでこそ団長です」

アッシュは満足げに頷《うなず》いた。

報告が終わって今後について相談していると、入り口の扉が荒々しく開けられた。入ってきたのはヴォークである。

「姫様は無事か!?」

荒い息のまま、必死の形相で叫ぶ。

ヴォークの全身は、竜魔人の返り血で青く染まっていた。脇目も振らず戦場から駆けてきたのだろう。

「傷一つありませんよ。竜魔人の追っ手は来ていますか？」

「ないはずだ。片っ端から叩《たた》き潰してきた。十数人ほど討ち漏《も》らしたが、こっちに来てないなら、砦《とりで》に逃げ帰ったんだろう。頭も仕留めた以上、すぐには攻めてこないはずだ」

ヴォークは手にしていた袋を放り投げた。

袋から転がり出たのは、竜骨将軍の首である。数年前からの因縁に、とうとう決着がついたのだ。

フェリクスはしばしその首を眺めていたが、やがて視線をヴォークに戻した。

「やったな」

「ああ。今度こそ姫様を守れた」

二人が思い思いの感慨《かんがい》に浸る姿を、アッシュはやや離れたところで見守っていた。

彼が銀翼騎士団に加入したのは、フェリクスがヴォークと知り合ったあとのことだ。詳しいことはわからない。だから二人の関係に踏み込むことはせず、遠慮していたのだ。

キララはそんな彼の心情を慮《おもんぱか》って、退室することにした。

「私たちは竜骨将軍が仕留められたことを報告してくるわ」

「戻ってきたばかりのところ悪いな」

「いいえ、お気遣いなく。フェリクスさんはヴォークさんの武勇伝を聞いてあげてね」

キララとアッシュが出ていくと、フェリクスはヴォークとともに別の部屋に向かった。

個室で話したいこともあろう。

ほかの誰の視線もなくなると、ヴォークは深い息をついた。

「ふう……」

彼の外套《がいとう》はあちこち切り裂かれ、血が滲《にじ》んでいる。いったい、その下はどれほどひどい状態か。

「手ひどくやられたな」

「なに、あのときほどじゃない」

腰を下ろし、ヴォークは外套を脱ぎ捨てる。フェリクスは彼に体を拭く布を手渡しつつ、近くの椅子に腰かけた。

「そうだな。本当にあのときはひどい有様だった――」

フェリクスは目をつぶり、思い出す。

心まで凍《こご》えたあの冬を。

◇

数年前のアイシーの戦いの中、ルドウィン、氷狼将軍とともに竜骨将軍に挑んだ後のことだった。

全力で魔術や魔法が用いられた結果、まばゆい光と激しい音、そして強烈な爆風に見舞われることとなり、フェリクスが意識を取り戻したときには、周囲のものはほとんどが吹き飛んでいた。

衝撃で雪崩《なだれ》が起きたのだろうか、地形もすっかり変わっている。

（あれからどうなったんだ……？）

ゆっくり周囲を見回すと、近くの雪の中には数多《あまた》の死体が埋まっていて、フェリクスはぞっとする。

運が悪ければ、自分もこうなっていた。

「誰かいないか……！」

はるか遠くまで目を向けるも、雪山ばかりが広がっていて動く者はいない。自分は雪崩で流されたのか、そして周囲一帯にいた全員は雪に埋もれてしまったのか。

「誰か、返事をしてくれ！」

生き残りを探してさまよいながら叫び続けるも、返答はない。

視界の端に煌《きら》めくものを見つけて雪の中を漁《あさ》ると、一振りの剣が出てきた。ルドウィン団長が使っていたものだ。

（まさか……！）

慌てて雪を掘ってみるが、ルドウィンの姿は見つからない。

嘘《うそ》だ、そんなはずはない――

手がかじかむのも気にせず雪を掘り続けるも、現れるのは見知らぬ兵や竜魔人の亡骸《なきがら》、誰のものかもわからない体の一部分であった。

「……なんでこんなことに」

凄惨《せいさん》な光景を目の当《ま》たりにしつつも、手を止めることができない。

どれほどそうしていたのか、フェリクスは深いため息をついた。もう現実を見つめる時間だった。

あの戦いのとき近くにいた者たちは皆、この下で眠っているのだ。

そうわかっていても、幻想に縋《すが》らずにはいられない。フェリクスはルドウィンの剣を強く握りしめる。

(遠くに流されたに違いない)

フェリクスは顔を上げて、当てもなく歩き始める。

敵も味方も姿はなく、真っ白な風景が続く。

途方に暮れていると、点々と続く足跡を見つけた。自然とフェリクスの足は速まり、その痕跡を追っていく。

やがてその向こうに立ち尽くしている人物を見つけた。

「あんた……生きていたのか」

声をかけると、その男——氷狼将軍は振り返った。

その瞳は焦点が合わずぼんやりと宙を見ており、ひどく虚《うつ》ろであった。

「あの戦いのあと――なにがあった？」

フェリクスは尋ねながらも、それを聞くのは卑怯《ひきょう》かもしれないと思った。自分でもわかっていることを、他人に言わせて確認するなんて。

けれど、氷狼将軍は生気を失った顔で、フェリクスが思いもよらない言葉を告げた。

「大精霊様にお目にかかったんだ。そこですべてを聞いた」

フェリクスは訝《いぶか》しまずにはいられない。

戦いの悲惨さに気でも触れたか。

自分も似たようなものだと思っていたが、よりひどい状態にある他人を見て、かえって冷静になることもあるのだろう。少しずつ平常心に戻っていく。

氷狼将軍はぼんやりとしたまま呟《つぶや》く。

「ああ、死後の世界と見間違うほど美しい城だった。いや、散々この手を血に染めた俺が精霊様の御許《みもと》に行けるわけもないから、やはりあれは現実だったんだろう」

精霊教では死後、精霊の下《もと》に行くと信じられている。辛《つら》い現実から逃《のが》れるために、そんな幻を見たとしてもおかしくない。

しかし、氷狼将軍は実際の体験として語り続ける。

負傷して生死の境をさまようち、気がついたときには大精霊の城にいたらしい。氷狼将軍は精霊との親和性の高い人間であり、彼の守護精霊である氷の狼《おおかみ》も大精霊との相性がよく、氷の城まで連れていってくれたのだとか。

そして大精霊曰《いわ》く、人間どもとて家の前で犬猫が倒れていれば、手当てするなり排除するなりするであろう、とのことで、特別な配慮があったわけではないようだ。

あまりにも現実離れした話に、フェリクスはつい諭す口調になった。

「将軍、現実は……」

「ああ、そうだ。あの戦いは敗北した。俺たちの背後にあった町は攻め込まれ、壊滅したらしい。女子供も皆殺しだ。……これもすべて俺のせいだ」

竜骨将軍を退けたとはいえ、敵の攻撃の勢いは緩まなかったようだ。竜骨将軍が指揮せずとも、敵は大胆に攻めてきたという。

嘘《うそ》か真《まこと》かと彼の話を聞いていたフェリクスだが、少なくとも敗北したことは事実だろうと思われた。

「俺が姫様を守ることを優先しなければ、こんな事態には陥《おちい》らなかった」

氷狼将軍は自責の念に駆られるが、フェリクスにはそれだけが敗戦の理由とは思えなかった。

果たして氷狼将軍が戦を優先したからといって、勝利が得られていただろうか。フェリクスがもっとうまく部隊を指揮していれば、兵たちを守ることができていたのか。

そんな小さな違いでどうにかなる状況ではなかった。どうしようもなかった。

「俺たちには大局を覆すだけの力はなかったんだ」

権力も実力も、大きな流れを変えるにはあまりにも不足していた。

ルドウィン団長を失い、部下たちを失い、そして守るべき民を失った。この戦いでいったい、なにが得られただろう。

氷狼将軍は俯《うつむ》いて呟《つぶや》く。

「あの戦いで死んでいたほうがマシだった。……いや、同じことか。今出ていけば、誰かがこの責任を取らなければならない。それはおそらく俺だ。戦犯として死罪になるだろう」

「そうかもしれない。だが、英雄が犠牲になれば民はいっそう反発し合うことになる」

「ああ、そうか。まいったな。国は俺じゃなくて姫様を生《い》け贄《にえ》にするな」

「あんたには利用価値があるからか」

「そうだ。攻撃する前にあいつが言ったように、捨て駒としてだが」

ルドウィンが言ったように、氷狼将軍といえども使われる側でしかない。戦の中でしか、価値は見いだされないのだ。

氷狼将軍はフェリクスをまっすぐに見る。迷いのない顔だった。

「あんたに頼みがある」

「一介の騎士にできることなんて限られているぞ。俺だって、戦犯として責任を問われる可能性がある」

「問題ない。簡単なことだ」

氷狼将軍は顔色一つ変えずに続ける。

「俺の首を持っていってくれ」

「……なんのためだ」

「このホルム国には、死んだ者の罪を免除するという条項がある」

理念上は、彼らの尊い死を冒涜《ぼうとく》しないようにという理由だが、いつも条項がそのとおりに用いられるとは限らない。

厄介《やっかい》な事件を処理するために、死した誰かに罪を着せることすらある。そうして闇に葬られた悪事はどれほどあるだろうか。

そしてまさに、氷狼将軍がやろうとしているのも同じことだった。

「一人で泥を被《かぶ》ろうというのか」

「ああ。そしてもう一つ頼まれてくれ。戦死した場合、特別な『報酬』が与えられることになっているが、その『報酬』として、姫様の安全の確保を望んでいたと証言してほしい。この戦いの前に、部下たちには伝えておいたが、条項を乱用して姫様を守ろうとしているとみなされて、取り合ってもらえない可能性もある。すまないが、遺言として伝えてはくれないか」

氷狼将軍にとってはなによりディーナ姫が大事なのだろう。彼女のことを思えば、それが最善なのかもしれない。

事態を丸く収めるには、彼の死はひどく都合がいいのだろう。

しかし、フェリクスはすげなく返した。

「その提案は断らせてもらう」

「なぜだ！」

「介錯《かいしゃく》などしたことはないし、これからもする気はない。それよりいい方法がある」

フェリクスは悪い顔をする。

「俺の騎士団には、顔を変えることができる魔導師がいる。氷狼将軍はここで死に、あんたは第二の人生を生きることにすればいい」

すなわち、国をも欺くということだ。

バレたら打ち首どころでは済まないだろう。大問題になる可能性がある。いや、むしろこの敗戦の責任を闇に葬り去るため、見て見ぬ振りをするかもしれない。

氷狼将軍はフェリクスに向き合う。先ほどまで失意の中にあったはずのフェリクスは、すでに前を向いている。

その姿を見た氷狼将軍は、決して彼が冗談で言っているわけではないのだと知り、表情を改める。

「罪を背負いながら生きろと言うのか」

「ああ、そうだ」

「そこまでして、俺になにを望んでいる」

「竜魔王を殺す。この戦を根本的に終わらせるには、それしか方法はない」

堂々と告げるフェリクスに、氷狼将軍は一瞬気圧《けお》された。

「大きく出たな。自分ならできると思っているのか」

「やるんだ。やらないといけない」

フェリクスはルドウィン団長の言葉を思い出す。

——もし俺が倒れたら、そのときはお前が変えていけ。この歪《ゆが》んだ仕組みを。

(そうだ。俺が、この手で……)

ルドウィンの剣を、フェリクスは握りしめる。

打ちひしがれて彷徨《ほうこう》していた敗者の姿はもはやどこにもありはしない。立ち上がった騎士は、覚悟を胸に、頼み込む。

「手伝ってくれ。『氷狼将軍』ではなく目の前にいる『あんた』に言っているんだ。どうせ傭兵《ようへい》しかいない騎士団だから、出自が不明のやつが入ったところでなんら問題はない」

「それが俺の遺言を伝えてもらう対価か」

「ああ」

「ならばいいだろう。戦いを終わらせるために、俺ももう一度生きよう」

氷狼将軍も前を向く。

この瞬間、二人の誓いは交わされた。多くのものを失った男たちは、ここから再び歩き始める。すべては戦を終わらせるために。

銀翼騎士団結成の数ヶ月前の出来事であった。

◇

フェリクスと語り合いながら昔を思い出していたヴォークだが、体の痛みに顔をしかめると上着を脱いだ。

古傷だらけの体には、新たな生々しい傷がいくつもある。血は固まっているが、これまで相当な出血があったことだろう。

体の汚れを拭きながら、ヴォークは感嘆の吐息を漏らした。

「まさか、本当に竜魔王を倒しちまうとはな」

「約束したからな。ヴォークこそ、あんな法螺話《ほらばなし》をよく信じたよな」

「不思議と団長ならやれる気がしたんだ。それだけの器だと思った」

「そんなに褒めるなよ。照れるだろ、まったく」

フェリクスは冗談めかして笑うのだが、ヴォークは真剣な顔で彼に頭を下げる。

「遺言を伝えてくれたときと今回で二回だ。団長に姫様を助けられたのは」

「姫さんも無事でなによりだよな」

「ああ、本当に」

ヴォークは安堵《あんど》の息をつく。

けれど少ししてから、表情を曇らせた。

「だが、俺のせいで姫様が戦場に向かうようになってしまったのも事実だ。またしても俺は、姫様を死地に追いやっている」

「あのときも今回も、仕方ないことだった」

「とはいえ俺が逃げ出してしまったのも事実だ」

俯《うつむ》くヴォークの肩をフェリクスは叩《たた》く。

「だったら今、会いに行けばいい」

「俺に別人として生きろと言ったのは団長だろ。もう姫様の知る氷狼将軍はいない」

「ああ。だが、過去に囚《とら》われる必要はないだろ。生きていれば人はいつだって変われるんだ。初対面のヴォークとして会いに行けばいい。前に進むなら俺は応援するぞ」

「まったく……。変わらないな、あの頃から」

　ヴォークとフェリクスは、お互いに表情を緩める。

　そうして今後の予定は決まったが、ヴォークは決まり悪そうに頬をかいた。

「それはそれとして……昔親しかったがすっかり疎遠になってしまった女性に、どんな顔で会えばいいのか」

「それを俺に聞くなよ」

「確かに、相手を間違えたな」

「おい！」

　せっかくいい話をしていたというのに、なんという態度だ。銀翼騎士団の連中はやっぱり、ろくでもない。

「アッシュにでも聞いておけ」

「そうするか。頼りになる団長も、色恋沙汰《いろこいざた》となりゃさっぱりだからな」

「悪かったな」

　すっかり拗《す》ねたフェリクスは立ち上がり、部屋を出ようとするが、その前に一度振り返った。

「今は体を休めておけよ」

「ああ。気遣い痛み入る」

　ヴォークは深々と頭を下げるのだった。

フェリクスが部屋を出ると、少し離れたところにリタとディーナ姫がいた。リタの狐耳はぴょこぴょこと動いている。

「……リタ、聞いていたのか」

「な、なんのことでしょうか？」

「まあ、いいけどな。……姫さんはヴォークに会いに来たのですよね？」

「ええ。お話をしてもよろしいでしょうか……？」

「もちろんです。彼も喜ぶと思いますよ」

「そうだと嬉《うれ》しいですね」

ディーナ姫はフェリクスに頭を下げてから、ヴォークのいる部屋のドアをノックする。返事があり、彼女は緊張しながら部屋に入っていった。

ここから先は二人で話し合うことだ。部外者が口を出すことじゃない。

フェリクスは立ち去ろうとするが、リタはその場でそわそわしていた。

「さすがにここから先は控えろよ」

フェリクスは応援したい一心のリタを掴《つか》んでその場から離し、仕事をすべく動き始めるのだった。

◇

蝋燭《ろうそく》の明かりに照らされた部屋の中、ディーナ姫はヴォークの後ろ姿を眺める。

初めて会ったときと比べて傷痕が随分と増えている。その分だけ、ディーナ姫が守られてきたということでもある。

そして今、彼女を助けるために流した血は拭われているが、新しい傷が痛々しく露出していた。

「助けてくれて、ありがとうございました」

ディーナ姫は頭を下げる。

ヴォークは彼女に背を向けたまま、血を拭いていた手を止めた。

「姫様がご無事でなによりです」

続く言葉はない。

彼は怒っているだろうか。無謀な行いに呆《あき》れているだろうか。それとも――

不安が胸中に湧き上がってくる。親しかったはずの彼が、手の届く距離にいる彼が、やけに遠く感じられた。

ディーナ姫は胸の前で両手を握りしめる。

(リタさんが応援してくれているんです)

そう思うと、少しばかり勇気が出てきた。

彼女はヴォークに近づいていく。怯《おび》える子供のように少しずつ、ゆっくりと。

「どうか手当てをさせてください」

「姫様にそのようなことをさせるわけにはいきません」

「いつもあなたの傷を見て見ぬ振りしてきた私には、そんな資格などないのかもしれません。ですが……」

ディーナ姫はつい俯《うつむ》いてしまう。自分がそんな態度を取れる立場じゃないと思いつつも、寂しさを覚えずにはいられなかった。

ヴォークは初めて振り返り、慌てた。ディーナ姫がわがままを言って困らせるときにいつも見せていた顔だったからだ。

「姫様が思い悩むことなどなにもありません。どうか、悲しそうな顔をしないでください。私は姫様の笑っている顔を見るのが、いつも心の支えでした」

「……難しいことをおっしゃいますね」

ディーナ姫は精一杯の笑顔を見せた。ちょっぴり、泣きそうだったが。

そしてヴォークと向き合うと、彼の胸部にある傷痕が目に入る。深く抉《えぐ》れており、目を背けたくなるほど痛ましい。

ディーナ姫は彼にもう一度「手当てさせてください」と言って、創傷の処置を始める。

それから二人はしばし無言だった。

灯火《ともしび》に照らされた二人の影は、ゆらゆらと揺れている。

先に口を開いたのはヴォークだった。

「姫様、ずっと苦しめてしまったことをお詫《わ》び申し上げます」

「いいえ。あなたにも理由があったのでしょう。生きていてくれただけで私はこの上なく幸せなのです。ただ……差し支えなければ、あれからのことを教えてくれませんか？　あなたのことが知りたいのです。私の知らない、あなたのことが」

ディーナ姫に請《こ》われて、ヴォークは昔のことを話し始める。

幻影魔導師シルルカに出会って顔を変えてもらい、「銀翼騎士団のヴォーク」として生活を始めたこと。

夜嵐騎士団はルドウィン団長が亡くなったことで解散となったが、フェリクスを団長として銀翼騎士団が結成され、ヴォークを含む多くの騎士たちを引き継いだこと。

東に向かい、竜魔王との決戦があったこと。

そして――戦いが終わってからもなお、会いに来ることができずにいたこと。

「私がここに来たのも偶然なのです。魔人の脅威があるから訪れましたが、本心では姫様に会いに来るのが怖かったのです。あなたに恨まれているのではないかと、逃げ続けていたのです」

「恨むだなんて、そんなことはありません」

ディーナ姫は彼の背に触れる。

「私はいつも、あなたを後ろから見てばかりでしたね。幼い頃からずっと、この背に守られてきました」

「ですが、私はもう姫様をお守りすることもできません」

「私はこの優しい背が好きだったのです。あの頃からずっと、そして今も……。たとえあなたが私の傍《そば》にいなくても、それはずっと変わりません」

手当てが終わって、ディーナ姫は彼の隣に座る。

ほんの少し視線を向ければお互いの顔もよく見えるのだが、二人はそうせず、それぞれ前方を見つめていた。

「初めて会ったときのことを覚えていますか？　私に手を汚さなくていい、とおっしゃってくださいましたね。……ですが、この手は魔人の血で青く染まってしまいました」

「それでも、私にとっての姫様であることには変わりません」

彼女はつい表情を緩めた。かつて一緒にいたときのように。ヴォークもまた、あの頃の優しいままだった。

「また、会ってくれますか？」

「ええ。銀翼騎士団のヴォークとして、でよろしければ」

「はい。よろしくお願いします、ヴォーク様」

ディーナ姫は初めて彼の名を呼ぶのだった。

◇

銀翼騎士団がディーナ姫を救出したという話が広まってから数日。

竜骨将軍を討った直後であり、攻めるには絶好の機会を逃《のが》すまいと、ホルム国はアイシー地方へと増援を送ってきていた。

かの宿敵には幾度となく辛酸を嘗《な》めさせられてきたこともあって、竜魔人との戦争においてはこの上なく好ましい知らせだった。

そのため、世論は一気に砦奪還《とりで》へと傾いたのだろう。

宿の窓から眺める町は集まった兵たちでいつも以上に騒がしいが、彼らの顔はどことなく明るかった。

フェリクスは出発の準備をしつつ呟《つぶや》く。

「それにしても、よく話がすんなり通ったよな」

これまでアッシュの思いどおりに事が運んでいた。

少しはトラブルがあるかと想定していたが、そんなことはまったくなく、かえって不安になるくらいだ。

「竜魔王を打ち倒した銀翼騎士団の英雄、フェリクス団長が協力したということで、民は歓迎してくれましたよ」

「そんなことに名前を使っていいのかよ」

「嘘《うそ》ではありませんからね。団長も戦っている姿だけ見れば英雄に違いありません」

「『戦っている姿だけ』ってなんだよ」

「反論するなら、いつも英雄らしい振る舞いをしてくださいよ」

アッシュに言われて、口を噤《つぐ》むフェリクスである。

これにはアッシュも苦笑いする。

「振る舞いを直すのではなく、反論をやめるんですね」

「英雄なんて柄じゃないからな。……そういえば陛下はなんて言っておられたんだ？　勝手に銀翼騎士団の名前を使ってしまったし、怒ってもおかしくないが」

「箔《はく》がつくと言っていらっしゃいました。あと、創作意欲を刺激されて『フェリクス英雄伝ホルム国編』の執筆に入られたそうです」

「陛下はまだあの変な本を書いていらしたのかよ」

あたかも伝記のように見せかけて、多くが捏造《ねつぞう》であるから困るのだ。

「まあいいじゃないですか。陛下が許可してくださったおかげで、ディーナさんから報酬もたっぷりもらえましたし」

「よし、問題ないな！」

あっさりと心変わりする現金なフェリクスだった。

やがてシルルカが彼を呼ぶ声が聞こえてくる。

「団長さーん！　ディーナさんが見送りに来てますよ！」

「悪い、今行く！」

準備も終わったところで、フェリクスは宿を出る。シルルカとリタ、キララとヴォークはすでに待っていた。

ディーナ姫は彼を見ると、深々と頭を下げた。

「大変お世話になりました」

「こちらこそ、いろいろと無茶を聞いていただいてありがとうございました」

フェリクスは全部知っているわけではないが、ホルム国との調整をかなり手伝ってもらったという。

アッシュのことだから、図々しいお願いをしていてもおかしくはない。

ディーナ姫はそれを思い出してか、くすくすと笑う。

「いつも銀翼騎士団は大胆なのですね」

「団長と一緒なら、こんなことは日常茶飯事ですよ」

「いや、俺のせいにするなよ」

今回はほとんどアッシュが計画したことである。

だが、「責任を取るのが団長の仕事ですから」などと、フェリクスは言いくるめられてしまうのだった。

それからディーナ姫はお友達のリタと握手をする。

「リタさん、寂しくなってしまいますね」

「そうですね。でも、また会いに来ます！」

「そのときを楽しみにしていますね」

「はい！　姫様もお元気で！」

リタは手をぶんぶんと振る。

フェリクスたち銀翼騎士団の面々はそれぞれの武器を携えているが、ホルム国の兵たちとは向かう先が異なる。

ディーナ姫奪還のため、一時的にホルム国と竜魔人の戦いに荷担したとはいえ、元々は大精霊に会うのが目的だ。

もう寄り道の時間は終わりである。

フェリクスはヴォークに視線を向ける。

「ここに残ってもいいんだぞ」

「そんなわけにはいかないだろ。調査隊の上官として派遣されている以上、仕事を投げ出すなんてできるか」

　ヴォークは銀翼騎士団の一員として、責任があるが……。

「誰かに代わってもらえばいいんじゃないか？　陛下に頼めば、承知してくれるだろ」

「フェリクス団長はカルディア騎士団総長の座ですら、辞めさせてもらえましたからね。ヴォークさんなら、あっさり話が通るでしょう」

　相変わらずのフェリクスとシルルカであった。

　そんな話を聞いて、リタは狐耳をぴょんと立てた。

「姫様、ヴォークさんをあげます！」

「えっ!?　それは……」

「いらないんです？」

「その……欲しい、ですけど……」

　ディーナ姫は恥ずかしがりながらも、チラチラとヴォークのほうを見る。リタはわくわくした顔だ。

　フェリクスとシルルカも彼の背を押す。

「姫さんのお誘いがあったが、どうする？」

「絶好の機会ですよ。銀翼騎士団よりお給料もいいでしょうし、上司も、いい加減な団長さんより綺麗《きれい》なお姫様のほうがいいですよね」

「ほんとだよな。給料上げてくれればいいのに」

「団長まで賛同するなよ。というか、いつも陛下に旅費をもらってるって聞いたぞ」

「まあな。それなのに、いつも現金が不足しがちなのはなんでだろうな」

もちろん二人のおねだりに負けて、ついフェリクスが奮発してしまうからである。

とはいえ、二人と一緒の分だけ旅の楽しさも分かち合える。フェリクスとしては、有意義な使い道だ。

アッシュは呑気《のんき》なフェリクスに呆《あき》れる。

「団長はいい加減と言われないように努力してくださいよ」

「事実だし仕方ないだろ」

「いや、開き直るなよ」

ヴォークにすら突っ込まれるフェリクスである。

愉快な彼らを見て、ディーナ姫はくすくすと笑う。

「仲がよろしいのですね」

「銀翼騎士団は規律が緩いですからね。上司相手でもお構いなしだ」

フェリクスはそんなことを口にするも、「皆、アッシュさんには敬意を払っていますよ」

などと言われてしまうと、なにも言えなくなるのだった。

それからヴォークに、ディーナ姫の前に行くようにと皆が促す。

軽い雰囲気に笑っていたヴォークだが、こうなると、すっかり緊張した面持ちだ。

彼も「銀翼騎士団のヴォーク」として生まれ変わったからには、やり遂げなければならないことがある。

まだ各地に魔人の脅威は残っているのだから。

「姫様、あなたの下《もと》で働きたい思いは事実です。ですが、今は銀翼騎士団の一員としての使命があります」

「ええ、わかっております」

「新たな脅威である魔人どもを倒したら、そのときはまたホルム国に来ようと思います」

「はい。お待ちしております」

ディーナ姫はにっこりするのだった。

別れがすんだら、いよいよ旅立ちだ。銀霊族の野望を打ち砕くために、大精霊のところに向かわなければならない。

アッシュが皆に出発を促す。

「さて、行きましょうか」

「当てはあるのか？」

「……なにも考えてなかったんですか？」

「いや、その……アッシュが考えてると思って」

頬をかくフェリクスには、アッシュもため息をつく。

が、これもいつものことだ。団長をサポートするのも彼の役目である。

「ケモモンが寒冷化の原因に思い当たる節《ふし》があるそうです」

「なるほど。頼りになるな」

「それに――」

アッシュはキララのほうを見る。

彼女は得意げな様子で、彼の言葉に続けて言う。

「精霊たちの話によれば、ここより北のほうが寒いそうよ。ケモモンが向かおうとしている方向と一致するわ」

「というわけです」

「よし、じゃあ行くか」

大精霊の住まう氷の城を目指し、一行は北に向かい始めた。

第十六章　銀の獣と精霊の城

ホルム国アイシー地方の北部は氷河が広がっており、人の営みのない、自然そのままの景色が見られる。

氷河の浸食により形成された複雑な入り江が特徴的であるが、今冬は寒冷化の影響も強く、比較的南寄りの土地であっても湖や海は凍結していた。

「大自然のスケート場です！」

リタは目の前に広がる一面の氷を見て歓声を上げる。真っ白く輝く平らな湖面は、はるか遠くの山の麓《ふもと》まで続いている。

フェリクスもまた、楽しむことを考え始めた。

「氷に穴を開ければ、釣りができそうだな」

「新鮮なお魚！　楽しみです。頑張ってください！」

シルルカは尻尾をぱたぱたと揺らしておねだりする。

期待されて気合いを入れるフェリクスであるが、アッシュは苦笑いして言う。

「仕事しに来たことは忘れないでくださいよ」

「そういうアッシュだって、この町に寄り道するのに賛同しただろ」

「ここより北には町がありませんからね。ケモモンの食料を調達しないといけません」

「確かに、ケモモンが頼りだからな。精一杯もてなすか」

「そういうわけで、団長も頑張って釣ってくださいね」

「アッシュまで俺を当てにするなよ」

あの大食いが満足する量となれば、どれほど必要なことか。ケモモンがじっと見てくると、フェリクスも困ってしまうのだった。

が、やがてピンと閃《ひらめ》いた。

「そうだ。ケモモンの分はヴォークに頼むぞ」

「おいおい、無茶言うなよ団長。日が暮れちまう」

「この前、姫さんに銀翼騎士団員として使命があるって言ってただろ。大事な役目だぞ」

ぽんと肩を叩《たた》くと、ヴォークは渋々、ケモモンの餌係を拝命するのだった。

「とんでもねえ騎士団に入っちまったもんだ」

一行は町中で魔人や大精霊に関する情報を集めようとしたが、これといった話はない。

この周囲は平和そのものだという。

「魔人たちはこの辺りには来ていないのか？」

「ここより北は氷河が広がっていて人が暮らせないそうですから、魔人たちが活動していたとしても、目撃情報はほとんどないでしょう」

「なにもないに越したことはないんだがな」

そうしているうちに、小さな町だから全体を見終わってしまった。

これからどうしようか。補給が済んだら出発するのか、それとももう少し休憩していくのか。

アッシュはキララに尋ねる。

「精霊たちからなにか情報は得られましたか？」

「残念だけど、寒冷化していることくらいね。氷の精霊たちは楽しそうにしているわ」

精霊からの情報はあまり当てにならないとはいえ、魔人が大暴れしていれば、それらしい話は出てくるだろう。

やはり、こちらには来ていないのか。

ヴォークは町を見つつ嘆息する。

「本当になにもなかったな」

「そんなことないよ」

リタに視線が集まる。

なにか情報を聞きつけたのかと思いきや――

「この地域はサウナが有名みたいだよ！」

「仕事じゃなくて観光情報じゃねえか」

「寒いですし、ちょうどいいですね」

「この地方では少ない火の精霊たちも、サウナには寄るそうよ」

ここは氷の大精霊のお膝元であり、氷の精霊ばかりだそうだが、そうした施設には火の精霊も集まってくるらしい。

健康にもいいとのことで、ちょっと体験するのも悪くない。

少女たち三人がはしゃぐのを見つつ、フェリクスまで乗り気になる。

「サウナか。そりゃいいな」

「団長さんのお墨付きです！」

「これで団長公認になったわ」

「やった！　さすが師匠です！」

「そんなに持ち上げるなよ」

こんなときばかり、団長扱いされるフェリクスである。

一方で、アッシュは呆《あき》れていた。

「まったく、団長は遊ぶことばかり考えていますね」

「そう堅いこと言うなよ。ちょっとくらい、いいだろ」

「ええ、旅の疲れもあるでしょうから、皆さんは休んでもらって結構ですよ」

「よし！」

「もちろん、団長は仕事がありますけど」

アッシュの一言にうなだれるフェリクスである。

とはいえシルルカたちが嬉《うれ》しそうにしていたので、彼女たちが満足ならそれでいいか、と自分は仕事をすることにした。

少女たちがサウナに向かうのを見送ると、フェリクスとヴォークはアッシュに連れられていくのだった。

◇

シルルカとリタ、キララはサウナ小屋にやってきた。

旅行客用の施設なので必要なものも揃《そろ》っており、借り切りにしたため三人だけで自由に使うことができる。

「中はどうなっているのかな？」

脱衣場から中を覗《のぞ》くと、片側にサウナストーンがあり、その反対側には三段となったベンチがある。

サウナストーンには火の精霊が宿って熱されており、ドアに近づくだけで熱気が伝わってきた。

「楽しみだね！」

リタはさっと衣服を脱ぐと、タオルを巻く。

そこでキララが告げる。

「この地方ではタオルは巻かないそうよ」

「そうなんだ」

「裸のまま入って、タオルは汗が床に落ちないようにベンチに敷くのよ。私たちで借り切ったから、こだわらなくてもいいけれど」

「せっかくですし、こちらの風習に倣《なら》いましょうか」

「こちらだと男女一緒に入ることも普通だそうだけれど――」

「団長さんと一緒ですか」「師匠と？」「アッシュには意地悪されそうね」

三人は顔を見合わせる。

想定している人物が一致しなかったので、

「それはやめておきましょうか」

という結論になった。

三人とも素っ裸になって、サウナ室への扉を開けると、熱気に出迎えられる。

「あっついね！」

　リタは早速、ベンチの上にタオルを広げてその上に座る。一方で、シルルカはごろんと寝そべった。

「百貌はお行儀が悪いね」

「これが本場の楽しみ方なんですよ」

「確かにそういう人もいるわ」

「そうなんだ」

「私はしないけれど」

　キララはタオルを広げて優雅に座る。

　そのうち、体がじわじわと熱くなって汗が流れ始める。しばらく寒い外にいたから、なんとも心地よい。

　しかし、リタはやっぱりじっとしていられない。

「ねえねえ、あの水はどうするの？」

　リタが指し示すのは片隅に置かれた桶《おけ》である。

「アロマの入った水ね。サウナストーンにかけて扇《あお》ぐと、熱風が堪能できるわ」

「やってみようよ！」

　リタはぴょんと飛び上がって、ぱたぱたと駆けていく。

「熱くなるけど大丈夫？」

「リタは騎士だからね！　我慢は得意だよ！」

「リタさんはすぐに音《ね》を上げそうなんですが。お子様ですし」

「そんなことないよ」

リタは桶《おけ》の水をすくってサウナストーンにかける。ジュウ、と音を立てて熱い蒸気が上がり始めた。

「あとは扇《あお》ぐのだけれど……その葉っぱを使えばいいわ」

この地方で取れるらしい大きな葉が置かれている。大きめの布を使うところもあるが、ここでは風情を重視するのかもしれない。

リタはその葉を両手で掴《つか》むと、体全体を使ってぱたぱたと扇ぎ始めた。

「どんな感じ？」

「これは熱いですね！」

「そうね。体感温度が高くなるのよ」

「うんしょ、よいしょ」

せっせと扇いでいたリタであるが、やがて疲れてきたのか、ふう、と一息ついて葉っぱを下ろした。

ジュウ、と音がする。

「ちょ、ちょっと！　リタちゃん、燃えてる！」

「え……？」

　葉っぱがサウナストーンに張り付いており、そこから燃え始めていたのである。

「あわわ！　ど、どうしよう!?」

「消さないと！」

　慌てて水をかけるキララとシルルカである。

　無事に火が消えてほっとするのだが、今度は室内の湿度が上がって、じんわりと暑くなってくる。

「あまり長くは入っていられなさそうね」

「そうですね」

「まだまだ入っていられるよ！　我慢強いからね！」

「我慢比べじゃないのよ、もう」

「のぼせちゃいますよ」

「大丈夫だよ」

　そう言うリタであるが、だんだんと余裕がなくなってきた。リタはそわそわしながら、シルルカとキララの様子を窺《うかが》う。

　シルルカはそんなリタを見て、ちょっぴり演技をしてみる。

「ああ、もう熱くてダメです。上がりますね」

「そうね、私も出ようかしら」

「あ、じゃあ一緒に出るね！」

ぱあっと嬉《うれ》しそうな顔になるリタであった。

◇

「仕事って、これかよ」

フェリクスはヴォークとともに、凍結した湖面にドリルで穴を開けていた。釣りをするための準備である。

「ケモモンにたっぷり食べさせることがなにより大事ですからね」

「買ってくるんじゃだめなのか？」

「どうせなら釣ったばかりのものがいいじゃないですか」

「確かに」

フェリクスは深く頷《うなず》く。

自分で釣った魚だからこそ、食事を楽しめることもある。もっとも、ケモモンは寝そべっているだけなのだが。

「ふう、こんなもんか」

氷に穴が開くと、その下には揺らめく水が見える。

そこに釣り糸を垂らしたら、あとは魚が食いつくのを待つだけだ。ポポルンはフェリクスの肩に乗って、楽しそうにしていた。

「大物が釣れるといいな」

「ポッポ！」

皆で食べられる量を釣りたいと、フェリクスはそんな期待をするのだ。

それからしばらく釣り竿《つざお》を眺めているのだが、防寒服を着ているとはいえ、動かないので風が吹くとなかなか寒い。アッシュを見れば、いつの間にかケモモンの毛の中に埋《うず》まっていた。

「暖かそうだな」

「ええ、ケモモンは最高ですね」

相変わらずのアッシュである。

彼は先ほどケモモンの餌を調達するのが仕事と言っていたが、その話はさすがに冗談だろう。

わざわざ呼んだからには、ケモモンの餌以外の理由があるはず。

「仕事の話があるんだろ？」

「ええ。よくわかりましたね」

「ケモモンの餌だけが理由なら、仕事とは言わないだろ」

「団長と違って職権は乱用しませんからね。そういうことは、あくまで個人的にお願いしますよ」

「真面目だな。……いや、自分で釣れよ！」

フェリクスは思わず突っ込んだ。

「団長が釣りたいって言ったんじゃないですか」

「そりゃそうだが……」

「そんなことより、仕事の話をしましょうか」

うやむやにするアッシュである。

フェリクスもそれ以上の追及はせずに、彼の話に耳を傾ける。

「正直なところ、今回の件に関しては明確な根拠はありません。ケモモンが寒冷化の原因に思い当たる節《ふし》があると言うので、行ってみようというだけなんです」

寒冷化の原因はこの地に住まう氷の大精霊にあると言われている。それゆえにその原因を追えば、大精霊にも繋《つな》がってくるはず。

そこまではいいのだが……。

（なんでケモモンは原因がわかるんだ？）

精霊同士でなにか通じる部分があるのか、それともケモモン自身にそういった特別な能力があるのか。

改めて考えてみると、フェリクスはアッシュの守護精霊であるケモモンについてなにも知らないことに気がつく。

唯一無二の守護精霊ということは知っていたが、だからこそケモモンはそういうものなのだと、わからないままにしてしまっていたのだ。

悩むよりは直接聞いてみよう。

「ケモモンはどうして原因を知っているんだ？」

そうして声をかけたのだが、アッシュは眉をひそめた。

「今、ケモモンはお昼寝中なので静かにしてくださいよ。見たらわかるでしょう」

「わからないんだけど。いつもどおりじゃないか」

アッシュは本気で言っているのか、それともはぐらかしているのか。

（まあいい。行けばわかる）

詮索されたくないことだってあるだろう。個人的な背景まで根掘り葉掘り聞くものではない。

フェリクスが黙っていると、アッシュが尋ねてくる。

「ケモモンの言うことを、団長は疑わないんですね」

ケモモンの情報が当てにならないということか、それともアッシュが通訳して適当なことを言っているという意味か。

いずれにしても、一般的に見れば信用に値しない情報なのかもしれないが、フェリクスはそうは思わなかった。

「ケモモンもアッシュも銀翼騎士団の一員だからな。何度も辛《つら》い戦いを助けられてきた。今だって、お前らがいなかったら俺はまだ目的地を探していただろう。アッシュが嘘《うそ》をつく必要もないし、仮に嘘だったとしても俺は信じるだけだ。問題あるか？」

「いいえ。それでこそ団長です。……いえ、団長なのに今後の方針がないのは大問題ではありますけれど」

「それだけ頼りにしているってことさ。……お、かかったぞ！」

フェリクスが釣り糸を引くと、黄金色に輝く小魚が釣れた。

ピチピチと跳ねており、生きがいい。ポポルンは喜んでフェリクスの周囲をパタパタと飛び回る。

「こいつは天ぷらにしよう」

「いいですね。この調子でどんどん釣っていきましょう」

小さくても、釣果《ちょうか》がないよりマシだ。

フェリクスはこの喜びを分かち合おうと、先ほどからずっと静かなヴォークのほうを見たが、彼は真剣な顔で何本もの釣《つ》り竿《ざお》を見ていた。

横に置かれた桶《おけ》を覗《のぞ》いてみれば、小魚が何匹も泳いでいる。

（……なるほど。ヴォークはホルム国の出身だったな）

そりゃ釣りだって、慣れているはず。

フェリクスは安心して、ケモモンの餌は彼に任せるのだった。

◇

それからしばらく釣りを続けていると、賑《にぎ》やかな声が聞こえてくる。

サウナから出てきたシルルカとキララはすっかりリラックスした様子だ。二人に支えられているリタはほんのりと顔が赤い。

「サウナはどうだった？」

「よかったですよ。体がぽかぽかします」

「そうね。いい気分よ」

「すっかり、のぼせちゃいました」

「リタちゃんは我慢しすぎるからよ」

三人とも楽しんできたようだ。

リタはふらふらと歩いてくると、フェリクスにぴったりとくっついた。体温はいつもより高い。

「師匠がひんやりします！」

心地よさそうにするも、すぐに顔をしかめた。

「でも魚臭いです」

「悪かったな」

釣りをしているのだから当然である。むしろ、それだけ釣れたということで、誇ってもいいくらいだ。

一方で、シルルカは小魚でいっぱいの桶を見て褒めてくれる。

「お魚をたくさん釣れる団長さんはかっこいいです！」

「釣ったのはほとんどヴォークだけどな」

「むむ、あんまりかっこよくないですね」

「手のひら返すの早すぎだろ」

「冗談ですよ。私のために頑張ってくれたのは知ってますから。ありがとうございます、団長さん」

シルルカはにっこりと微笑《ほほえ》む。

フェリクスは素直な気持ちを向けられてなんだか気恥ずかしくなってしまい、つい顔を逸《そ》らすのだった。

「さて、そろそろ飯にするか」

全員が揃《そろ》ったところで、釣った魚を調理することにした。小魚ばかりだから、全部天ぷらにしてしまおうということになった。

湖畔《こはん》のコテージに入り、キッチンへ行く。

今晩宿泊するために借りたのだが、調理器具などは揃っているため、自分たちで用意する必要はなさそうだ。

まずは小魚の下ごしらえから始める。

「リタに任せてください！」

元気よく宣言するリタ。

いつの間にかエプロンを着けている。

実家が宿屋ということもあり、カルディア騎士団について歩くようになってからは調理を担当することも多く、経験は豊富である。

「ぬめりを取ります！　えいっ！」

塩を振りかけて軽く揉《も》む。

流水で洗い流すと、簡単にぬめりは取れた。

「手間がかかるのでそのまま揚げてもいいんですが、臭みや苦みが気になるなら内臓は取っちゃいます！」

腹を押して糞《ふん》を出させるだけでもよいが、今回は内臓は取っておくことにした。

リタは小魚をひょいと掴《つか》むと、下顎を掴んで軽く引っ張り、内臓を取り出す。実に手慣れている。

「よし、手伝うか」

フェリクスも同じように真似するのだが……。

「おかしいな、真っ二つになったぞ」

小魚が無残な姿になってしまった。

粉々になっていないだけまだマシか。

「さすが団長さん。怪力ですね」

「不器用なだけよね」

「……そんなこと言うなら、シルルカとキララもやってみろよ」

「私はできないことは無理にやらない主義ですから」

「生臭くなるのはちょっと」

「めんどくさいだけだろお前ら」

二人は目を逸《そ》らすのであった。

その先にいるリタはいつの間にか、数十匹の小魚の下ごしらえを終えていた。一瞬たりとも手は止まらない。

「リタさんとは思えない手際《てぎわ》のよさですね」

「えへへ、料理なら任せて！　次に天ぷらの衣《ころも》をつけて揚げます！」

「そっちは用意しておいたぞ」

いつの間にかヴォークが準備をしてくれていた。

「手慣れてるな」

「仕事の合間に、姫様と一緒に釣りをすることもあったからな」

「姫さん、意外と活発なんだな」

「俺が出かけるときに、いつもくっついてきたんだ。ほかの人と行ってるところは見たことないな」

懐かしい思い出のようだ。

きっと、ディーナ姫はヴォークと一緒に出かけたかったのだろう。

「それじゃ、今回の仕事が終わったらまた行けばいいんじゃないか？」

「姫様も大きくなったんだ。年頃なんだから、釣りを楽しむかどうかわからないな」

「なるほど。……どう思う？」

フェリクスは年頃の少女たちに意見を求める。

シルルカは尻尾をぱたぱたと揺らす。

「おいしいお魚が食べられたら幸せです！」

「リタは作った料理をおいしく食べてもらえたら嬉《うれ》しいです！」

「ありがとうリタちゃん。全力でおいしく食べるわ！」

「皆さん、釣りより食事のほうが楽しみのようですね」

アッシュがそう意見をまとめる。

まったくヴォークの参考にはならないのだった。

それからリタは衣をつけた小魚を揚げていく。油の中では、ジュウジュウパチパチと軽快な音がする。

そしてちょうどいいタイミングでさっと小皿に移す。

「師匠、熱々のうちに食べちゃってください！」

「俺よりシルルカのほうが食べたそうな顔をしているんだけど」

「だ、大丈夫です。今日は団長さんが頑張りましたからね。お先にどうぞ」

シルルカがうずうずしているようだが、せっかくだから、彼女の厚意を素直に受け取っておくことにした。

「俺が一番釣ったんだが」

というヴォークの呟《つぶや》きは無視して、フェリクスは小魚の天ぷらに粗塩をつけてから口にする。

衣はサクッとしており、魚はふんわりと柔らかい。味はやや淡白だが、塩がよく効いている。

「これはうまいな」

「どんどん食べてください！」

リタは次々と揚げていく。

そしてシルルカはひょいとつまむ。

「んー！　おいしいです。サクサクふわふわです！」

シルルカはぶんぶんと尻尾を振ってご機嫌だ。

アッシュはリタを手伝いながら、ケモモンに天ぷらを与える。いつもどおり、表情一つ変えずにもぐもぐと口を動かすケモモンであった。

キララはそんな獣を見つつ、

「いつ見ても、やっぱり同じ顔よね」

と呟《つぶや》くのだった。

もちろん、その後にアッシュの解説があったのは言うまでもない。

フェリクスがポポルンを、リタがクーコを呼び出すと、喜んで小魚を食べ始める。

「うまいか？」

「ポッポ！」

「たくさん食べてね、クーコ！」

ポポルンがフェリクスに笑顔を見せる一方、クーコはリタが声をかけるのを無視して、魚しか見ていない。

そうして楽しげな食事会は続く。

釣りを頑張ったかいがあったと思うフェリクスであった。

◇

その晩、フェリクスはコテージの外で手すりに体を預けながら、雪景色を眺めていた。

ケモモンの話が本当なら今後、大精霊に会うことができるだろう。果たして、その先になにが待ち受けているのか。

(……もし、戦わなければならないのであれば)

彼は数年前の冬を思い出す。

二度とあんな悲劇を繰り返してなるものか。

今度は誰が相手だろうと、決して負けやしない。

全員、守りきってみせる。

フェリクスがしばし思いに耽《ふけ》っていると、シルルカが出てきた。

「団長さん？　どうかしました？」

「この地方ではオーロラが見えると聞いてさ。今晩はどうかと思ったんだが……全然見えないな」

夜空は晴れているが、真っ暗な闇の中に星々が瞬《またた》いているばかりだ。光の帯はちっとも見えない。

「団長さんにもロマンチックなところがあるんですね」

「まあな」

あれこれ考えていたのを誤魔化すために言ってみただけなのだが、もっともらしく頷《うなず》くフェリクスだった。

シルルカは彼の隣に来て、ぴったりと寄り添う。

「夜は冷えますからね。温めてあげます」

「オーロラが見えたら呼びに行くから、中に入っていてもいいぞ」

「まったく、団長さんはわかっていませんね」

呆《あき》れられるフェリクスである。

（確かに、オーロラが現れる瞬間を待っていたほうが感動もひとしおか）

フェリクスは、そんなにシルルカはオーロラに興味があったのかと思うのだった。

二人で夜空を眺めていると、会話を聞きつけたリタも隣にやってきて、尻尾を振りながらはしゃぐ。

「一緒にオーロラを見ます！」

「見えるかどうかはわからないけどな」

「せっかくですから、見えると信じましょうよ」

「そうだな。楽しみに待っていよう」

三人は一緒に星空を眺める。

辺りはしんと静まっていて息遣いすら聞こえ、フェリクスはつい距離感を意識してしまう。二人もそうなのだろうか。

フェリクスが視線を向けると、シルルカが微笑《ほほえ》む。

「北の端まで来ちゃいましたね」

「そうだな。夏場に来たいところだったが……まさか冬に来ることになるとは」

「ええ。旅立った頃は春だったのに。もう一年近くになりますね」

竜魔王の討伐後、シルルカと一緒に城を旅立ったがそこにリタも加わって、魔人の陰謀や大精霊を巡って、各地を回ることになった。

今ではこの関係も、なくてはならない大切なものだ。

だからちょっぴり恥ずかしかったが、フェリクスは改めて、率直な思いを口にする。

「二人とも、いつもついてきてくれて、ありがとう」

「リタは師匠にどこまでもついていきます！」

「これからも一緒にいてくださいね」

「ああ。よろしく頼む」

リタとシルルカはとびきりの笑顔を見せてくれる。

もう冬の寒さなんてどこかに行ってしまって、胸の中は温かさでいっぱいだった。

「春になったらどこに行こうか」

「リタは暖かいところがいいです！」

「たまにはお城でゆっくり過ごすのもいいかもしれませんよ」

「迷ってしまうな。……なんにせよ、楽しみだ」

「そうですね。ゆっくり決めましょうね」

時間はたっぷりあるのだ。焦る必要はない。

「まあ、決めるのは陛下なんだけどな」

「たまにはお休みを取るのも大事です！」

「年中お休みのリタさんがそれを言います？」

「そんなことないよ。忙しいもん」

リタは騎士団に所属していないからあくまで自発的に同行しているだけなのだが、今ではすっかり重要な役割を担っている。

もはや銀翼騎士団には欠かせない存在だ。

「リタもいつも手伝ってくれてありがとうな」

いつもの賑《にぎ》やかな雰囲気だが、少しばかり素直になれるのは、普段と違う空気のせいか。

シルルカも柔らかく微笑《ほほえ》む。

「リタさんはいつも大活躍ですから、きっとすぐに騎士になれますよ。そのときを楽しみにしていますね」

「うん。もうすぐだからね！」

二人はぎゅっと手を繋《つな》ぐのだった。

どこにいても、二人と一緒ならきっと楽しいことだろう。これからの旅を思うと、フェリクスの胸は躍る。

だから今回オーロラが見えずとも、またの機会はたくさんあるはず。

外は冷えるから、そろそろ戻ろうか。

そう言おうとしたときだった。

「あっ！」

リタが声を上げて夜空を指差す。

そこにはうっすらと光が浮かび上がり、緑色の帯が形作られていた。

「あれがオーロラか……」

「綺麗《きれい》ですね」

三人はしばし言葉を失い、その輝きを眺め続ける。

精霊たちがもたらす輝きも美しいものだが、この光が持つ自然の雄大さには圧倒されるばかりだった。

それからオーロラが見えることをコテージの中にも伝えると、キララに引っ張られながらアッシュが出てきた。

「そんな慌てなくても大丈夫ですよ」

「いいところを見逃《みのが》しちゃうかもしれないから急いで！」

「まったく、キララさんは慌てん坊ですね」

二人はフェリクスたちとは少し離れたところで空を眺める。

急いだせいでキララは部屋着のまま出てきており、屋外ではずいぶん寒そうだ。アッシュは自分の外套《がいとう》を着せ掛けてあげた。

「アッシュも寒いでしょ。ほら、一緒に入って」

キララは彼を抱き寄せて、一つの外套の中にすっぽりと収まる。

「窮屈《きゅうくつ》ですよ」

「もう、少しくらい我慢してよね」

そんなことを言い合いながらも、二人は幸せそうである。

「師匠も一緒に入ります？」

キララの様子を見ていたリタが提案してくるのだが、フェリクスたちは全員、しっかり着込んでいる。

一着を二人で使ったら、隙間から風が入って余計に寒くなりそうだ。

「俺たちはこのままでいいんじゃないか？」

「わかりました。それでしたら尻尾を貸してあげます！」

リタは自慢の赤い尻尾で彼に触れる。

するとシルルカもおずおずと尻尾を差し出した。

「今だけですからね」

「ありがとう。これはあったかいな」

二人の気持ちを受け取るフェリクスだった。

やがてオーロラは姿を変えていく。

光の帯は渦巻きながら幾層にも折り重なり、ゆらゆらと波打っている。それはあたかも光のカーテンが空にかかっているかのよう。

「わあ……綺麗」

キララはうっとりと見とれる。

直後、オーロラは一気に広がって、空を埋め尽くした。不規則な動きはもはや人知では理解しがたく、ただただ心を奪われるばかりだ。

光は天からとめどなく降り注ぐ。

あまりにも幻想的で神秘的な光景であった。

現地の民は、これを「精霊の祝福」とも言うが、この美しさはそうとしか表現できなかったのだろう。

とても現実の光景とは思えなかった。

オーロラは刻一刻と変化しながらも、絶えずそこにある。

五人は不思議な異国の空の輝きを眺めていた。

◇

翌朝、一行はケモモンの案内に従って北に向かっていた。出発時の空は晴れていたが、次第に天候は荒れ始めた。

北に向かうほど吹雪《ふぶき》は強くなり、気温は下がってきた。たまたまなのか、それとも大精霊の影響を受けているのか。

ケモモンは積もる雪の上を軽快に進んでいく。その隣では、ヴォークの守護精霊である氷の狼《おおかみ》が駆けていた。

「それにしても……起こしてくれりゃよかったじゃねえか」

昨晩オーロラを見られなかったヴォークが呟《つぶや》く。

「一応、声はかけたんだが……」

「寝てたのが悪いんですよ。団長さんが気にする必要はありません」

ぴしゃりとはねのけるシルルカである。

「そもそもヴォークさんはホルム国の出身ですし、いつも見ていたんじゃないですか？」

「それはそうなんだが……」

「ヴォークさんは仲間はずれが寂しかったんだよね。ごめんね！」

リタに謝罪されて、なんとも決まりが悪くなるヴォークだった。

それから一行は気を引き締めて、氷の城を探し始める。

ケモモンに少女三人を乗せて、氷の狼《おおかみ》には男二人が交代で乗っているのだが、こちらは大きさや重さの関係もあって三人も乗れないため、残る一人は走らなければならない。

フェリクスは雪上を駆けていたが、ときおり足が滑って体勢を崩しそうになる。この下は氷河だから割れ目があり、積もった雪の具合によっては、足元がおぼつかないのだ。

この辺りでは植物も育たず、見渡す限り真っ白な荒涼とした風景が広がっていた。

「こんな場所に城があれば、すぐに見つけられそうなものだが……」

「全然見つかりませんね」

「ケモモン、あとどれくらい距離があるかわかりますか？」

アッシュの問いに、ケモモンは無言のまま足を動かしていた。

「もう少し、だそうです」

「よし、気合いを入れていくぞ」

変わらない単調な風景が続く中、一行は進み続ける。

やがて吹雪《ふぶき》が急に強くなり、視界が悪くなった。

これでは遠くが見えない。

「リタ、シルルカ、なにかわかるか？」

「えっと、特に物音は聞こえません」

「この雪に混じって幻影が張られていますね。魔術でも魔導でもないので、どうやら精霊によるものらしいです」

この先には足を踏み入れないようにと、人を遠ざける幻影のようだ。つまり、人の目から隠された存在があるということ。

「大精霊の城がある可能性が高いな」

「頼みますよ、ケモモン」

ずっと進んでいくと、ケモモンは唐突に足を止めた。それから周囲をうろうろする。

アッシュはケモモンの傍《そば》に行って確認する。

「ここが目的地のようですね」

「シルルカ、幻影を魔導で払ってくれ」

「わかりました。やってみます！」

シルルカが杖《つえ》を振るうと、さっと吹雪《ふぶき》が晴れていく。

そして目の前に現れたのは――

「俺が見たのはこの城だ。間違いない」

ヴォークが見据えるのは巨大な氷の城だ。

装飾はほとんどなくてシンプルな柱や壁で構成されているにもかかわらず、なぜか優美である。それは氷の精霊たちが集まっているからか？

「とうとう辿《たど》り着きましたね。ケモモン、お疲れさまでした」

シルルカたちもケモモンから降りて、城へと歩いていく。

正面にあるのは巨大な氷の扉だ。フェリクスは触れてみるが、がっしりした造りでびくともしない。

コンコンとノックしてみるが反応はなかった。

「ハリボテってことはないよな」

「この向こうに空間があるみたいです」

リタが狐耳を揺らし、反響音からそう判断する。

シルルカも杖でコンコンと突いてみるが、やはり反応はない。

「どうしますか？　向こうから出てくるまで呼んでみます？」

「壊したら、話もしてくれなくなるだろうな」

「当たり前です」

そんなやり取りをする一方で、ヴォークは守護精霊に声をかける。

「俺たちの来訪を告げてくれ」

ヴォークの指示に従って、氷の狼《おおかみ》は扉の前に向かう。そして大きく息を吸うと、遠吠《とおぼ》えをした。

その声は城の奥まで響き渡ったことだろう。

「そうか。守護精霊のおかげで入れたんだったな」

「ああ。あとは大精霊様のご機嫌次第だが……」

当時は死にそうな人間がいたから、気まぐれで助けてくれたと聞いている。今回は用事があっての訪問だから、果たしてどうなるか。

緊張しながら待っていると扉が開いた。

「よし、入れてくれるようだぞ」

「行きましょう」

一同は氷の城に足を踏み入れる。広々としたエントランスは、全面が青白い氷で造られており、それ以外の色はない。

――ただ一か所を除いて。

「ザルツ！」

フェリクスは咄嗟《とっさ》に剣を抜き、襲撃に備える。

城の奥から出てきた銀霊族の魔人ザルツは、十数名の部下を連れていた。その誰もが精鋭のようで、身のこなしからして違う。

彼らの姿はこれまでの格好と異なっていて、赤を基調とした衣の上に、銀の外套《がいとう》を纏《まと》っていた。

（やつらの目的が大精霊だったのなら、すでに目的を果たして、外に出るために扉を開けたところか？）

大精霊が氷の狼《おおかみ》の遠吠《とおぼ》えに反応したわけではなく、ザルツが扉を開けるのに偶然、タイミングが一致した可能性が高い。

フェリクスを見て、ザルツは眉根を寄せた。

「剣を収めろ。ここは血で汚していい場所ではない」

「なんだと？」

「これまで幾度も大精霊を襲っておきながら、よくそんなことが言えますね」

アッシュが睨《にら》むも、ザルツの態度は変わらない。

「他の大精霊などと一緒にするな。ここは特別な場所だ」

「そんな場所であなた方はなにをしていたのですか」

「ほんの昔話をしていただけだ。殿下は貴様たちにもお会いになられるだろう。真偽が疑わしいのであれば、そこで話を伺えばいい」

フェリクスはアッシュに視線を向ける。

果たして、やつの言葉を真に受けていいものだろうか。ここから逃げるための虚言の可能性もある。

互いに様子を窺《うかが》っていると、後方にいた魔人が前に出てきた。彼は一人だけ仮面を着けている。

（あのときの魔人か！）

ホルム国に来たばかりのときに剣を交えた相手だ。

戦ったときに仮面が割れたので別のものを着けているようだが、その身のこなしから同一人物と思われる。

「信じられないのも無理はないか」

その男はゆっくりと仮面を外す。

隠されていた素顔が露《あら》わになった。

「あんたは……！」

その顔を見てフェリクスは息を呑《の》んだ。

髪は銀霊族の白髪だが、それ以外には見覚えがある。

なぜ、この男が生きている？

数年前、確かにこの地で亡くなったはずなのに。

「久しぶりだな、フェリクス」

夜嵐騎士団団長ルドウィンは、数年前と変わらない態度で接してきた。

「団長……あんたは死んだとばかり思っていたが」

「そのはずだったさ。……ここでの出会いがなければ」

ルドウィンはザルツに一瞥《いちべつ》をくれる。

ザルツはなにも言わない。ルドウィンがフェリクスと会話を続けることは拒否しないようだ。

フェリクスはルドウィンの様子を注意深く観察する。

「なんであんたが魔人と一緒にいる」

「俺もまた、魔人だからさ」

青白い顔に、白い髪。

以前の姿と見た目はそっくりだが、色素だけは抜け落ちたかのように、魔人のものに変わっている。

「ずっと、騙《だま》していたのか」

「いいや。確かに『人』だったさ。あのときまでは——」

「そこまでにしておけ」

ザルツが割り込むと、ルドウィンは肩をすくめた。

「ともかく、本当にここで争うつもりはない。殿下の御前で醜い姿は晒《さら》せないからな。……もし、俺に剣を向けたいのであれば、あとにすればいい。もはや逃げも隠れもしない。お前たちが刃向かうつもりなら、すぐに衝突することになるだろう」

ザルツはルドウィンとともに、入り口に向かっていく。

フェリクスは彼らの姿を見ながら、道を空けた。アッシュは敵を睨《にら》みつつ、フェリクスに問いかける。

「放っておいていいんですか？」

「まずは大精霊に会う。あいつらを追うのはあとでいい」

なにより、相手のほうが数は多い。

不敗の覚悟で来ているが、今はシルルカたちも連れてきている。彼女たちが隠れる場所がないため、真っ向から戦うのは分が悪い。

フェリクスだけが狙われるなら問題ないが、少女たちにも攻撃が及ぶようなら苦戦を強いられるだろう。

アッシュもそこは理解している。

不服そうにすることなく、すぐに切り替えた。

「わかりました。行きましょう」

フェリクスたちは奥へと進んでいく。

開けっぱなしになっている氷の扉を通り過ぎると、そこには氷の大精霊が鎮座していた。

全体に透明な氷でできていながら動きはしなやかだ。美しい女性の姿に加えて、背には大きな翼があった。

(雪まつりで見た氷像とそっくりだ)

あの翼は精霊王のものに似ていると思ったが、この大精霊のものだったらしい。誰かがこの容姿を伝えていたのだろう。

フェリクスは騎士としての礼をする。

「大精霊様、突然のご訪問をお許しください」

「よい。城を壊されては敵《かな》わぬからな」

外での話を聞かれていたのだろう。

フェリクスは冷や汗をかく。

しかし、大精霊が気を悪くした様子はない。

「さて、聞きたいのはあやつのことと、寒冷化のことであろう」

「左様でございます」

「どちらも一元的に説明できよう。我の力によるものなのだから」

大精霊の話によると、彼女の力が強まって寒冷化が起きているらしい。そして制御できないほどの強さとなったのは、ザルツらの行為によるとのことだ。

「あやつらは精霊王の力を蘇《よみがえ》らせようとしている。我もその親類ゆえに、あおりを受けて力が強まったのであろう」

「それでケモモンの調子がよかったのですね」

「ふむ。お主《ぬし》らをここに連れてきたのは、そこの獣か」

フェリクスはケモモンを見るが、調子がいいのか悪いのかもわからない。そもそも、どういう因果関係なのか。

その疑問を口にせずとも、アッシュは答えてくれる。

「ケモモンは精霊王の血縁かもしれないと言われているのですよ」

「……初めて聞いたんだけど」

「言ってませんでしたから」

「そりゃ初耳なわけだ」

「考えてみれば、アッシュさんはいつも敬意を払っていましたね」

「餌、いや食事は豪華なステーキだもんな」

納得する面々である。

キララは改めてケモモンを眺める。

「それでカザハナが襲撃されることになったのかしら」

「血縁といっても遠いようですから、ほとんど関係はないみたいですけれどね。単純にケモモンの力を狙ってのことだと思います」

「そうだったのね」

「キララさんには申し訳ないことをしました。争いに巻き込んでしまいましたね」

「気にしなくていいわ。私もカザハナの巫女《みこ》としての役割があったから。……それに、アッシュは私がついてないとダメだからね！」

「はは、頼りになりますね」

そんな二人を見て、シルルカが苦言を呈する。

「いちゃつかないでくださいよ。大精霊様の前ですよ」

「そ、そんなことしてないんだからね！」

「うんうん、いつもどおり仲良しさんなだけだよね」

「それはともかく、今はザルツの話が先だろ」

誰が相手でも、自分たちの話になってしまうのは銀翼騎士団の常とはいえ、大精霊相手にこの態度はさすがに無礼か。

フェリクスは頭を下げる。

「お見苦しいところを見せてしまいました。申し訳ございません」

「よい。人とはそのような生き物よ。さて、あやつらのことだな」

「はい。ザルツたち——銀霊族の銀血の一派がなにをしようとしているのか、詳しくお聞かせいただきたく存じます」

「それを語るには、少々長くなろう」

大精霊はゆっくりと話し始める。

古くから続く因縁を——

◇

「あれは今から数百年前のことだった」

当時は精霊を用いた魔導の全盛期であり、精霊教にとっては、異教徒がはびこる暗黒の時代だった。

精霊教はあくまで精霊を信仰の対象としており、技術として魔導の利用はしないつもりだったが、加護を得るという表向きの名目で利用していた。

彼らは他の教徒が従える精霊を「魔物」、精霊教の精霊を「守護精霊」と区別していたものの、中身は実質的に一緒であった。

積極的な技術開発をする他の宗教とは違って、精霊教は遅れを取りつつあったが、精霊に関わってきた時間は長い。じりじりと追い詰められる中、とっておきの一手である禁断の秘術に手を出してしまうこととなる――

大精霊の話を聞きつつ、シルルカは思い出す。

「こうした内容は父が残してくれた資料に載っていましたね」

「ああ。精霊教は精霊王の降臨で再興したんだったな」

「そこから魔人という言葉が出始めたはず。銀霊族も関与しているのでしょうか」

これまで得ていた情報が、大精霊の口を通して確かな事実として語られる。

秘匿《ひとく》されてきた過去がゆっくりと暴かれていく。

「知っているなら話は早い。精霊教の人間どもは、我ら精霊をその身に宿すことで強力な力を得ようとした。多くは失敗に終わったが、少なからず適応する者もおった。その者らが後の『魔人』と呼ばれる者よ」

精霊を身に宿すことで肉体が変化し、人ならざる風貌となってしまったが、その分、力を手に入れることができた。

それこそ彼らが使う「魔法」である。

精霊の力を使う「魔術」と異なり、「魔法」は自らの体内に宿した精霊の力を用いるため、あまり制限がなく強力なものが多かった。

精霊教は魔人たちの力を用いて異教徒を打ち倒し、勢いづいていく。

「精霊を体に宿した者たちの中でも、とりわけ強力であったのが、後に『銀霊族』と呼ばれる者たちだ。あやつらは精霊王オヴェリスの力をその身に宿す秘術を用いてしまった」

大精霊はそのとき初めて、言葉に感情を乗せた。精霊王の親類として、思うところがあるのだろう。

精霊王の力を宿しただけあって銀霊族の働きは圧倒的であり、もはや精霊教は異教徒との戦いで負けることはなくなっていた。

しかし、必ず犠牲はつきまとう。

精霊王の力は強大であり、人の身に余るものだ。そこで精霊王の力を何百という人間に分割して与えたのだが、それですら完全に御することはできず、力を使うほど肉体は蝕まれていった。

銀霊族の多くは抜け殻のようになったり、命を落としたりしたという。彼らは人にとっての英雄、そして精霊王にとっての咎人《とがにん》であった。

「それにしても、まさか人の手で精霊王に関する秘術が行使できるとは」

オルヴ公国での精霊王降臨の儀式の失敗を見ていると、とても人の手で扱えるものとは思えなかった。

「無論、オヴェリスは怒り狂い、彼らを殺して自由になろうとした。そうすることは容易だっただろうが……オヴェリスは判断を間違えたのだ」

大精霊は目を細め、続きを語る。

銀霊族は、その身を滅ぼしながらも誇りを胸に、力を与えてくれた精霊教に、そして偉大な祖国と愛する家族に勝利をもたらし続けていた。

だが、精霊教上層部は彼らを認めなかった。都合が悪かったのである。

なにしろ精霊を崇《あが》める者たちが、精霊の王の力を戦争という私利私欲のために利用したのだから。

そこで精霊教は、「精霊王オヴェリスの加護を得て異教徒の侵略に打ち勝った」という嘘偽《うそいつわ》りの歴史を作り上げた。

後世に残らないよう、焚書《ふんしょ》を徹底して。

それのみならず、時の権力者は精霊王オヴェリスの力を奪うために、銀霊族を暗殺し、略奪をしようとしたのである。

銀霊族の抵抗もあって失敗に終わるが、裏切られた銀霊族の怒りたるや、いかほどのものであったか。

「オヴェリスは判断を間違えて、銀霊族に情けをかけた。精霊教を滅ぼすために自らの力を使ってもよい、と」

人間に裏切られた自分と、祖国と教義に裏切られた銀霊族を重ねてしまったのかもしれない。

「だが、そのときすでにオヴェリスは人間との同化が進んでおり、彼らの怒りと自身の怒りの区別もつかなくなりつつあった。それほど、人間の激情というものは我々にとって強すぎる感情だったのかもしれぬ」

それから精霊王の力を奪い合って幾度となく戦いが起こり、オヴェリスの自我は消えていくこととなる。

そしてその争いの中で精霊王の力は世界に拡散してしまう。精霊王は他の精霊を使役する力を持っており、世界中の精霊すべてが使役されて擬似的《ぎじてき》に契約した状態となったため、契約者なしでも実体を持つに至った。これ以降、魔人との契約なしで「魔物」が自然発生するようになったのである。

世界中が大騒ぎになったものの、大精霊などの力ある存在が精霊王の力を管理することで、次第に落ち着いていく。

すでに異教徒たちは倒されており、精霊教も疲弊《ひへい》していて強い力を求めなかったのも、大精霊に精霊王の力が委《ゆだ》ねられた理由だろうか。

それから精霊教の繁栄の時代が始まる。その陰で、銀霊族は表舞台に上がる日を待ちわびていた。

「セイレン海の大精霊が精霊王の遺体を保管していたのも、人の目から遠ざけるためか」

「そうであろうな。あやつは親類ではないゆえに、詳しい事情を知らずに保護していた可能性は高いがな」

秘宝と言っていたことから、知り合いという感じでもなかった。多くの大精霊はそのような認識なのかもしれない。

ザルツも敬意を払うほど、この氷の大精霊が特別なだけで。

アッシュは大精霊に礼をしつつ尋ねる。

「大精霊様、貴重なお話をありがとうございます。これまでの経緯はわかりましたが、すでに当時の銀霊族は亡くなっているでしょうし、復讐《ふくしゅう》というには時がたちすぎているように思われます。彼らの目的はいったい――」

「長くなると言ったであろう。まったく、人間はせっかちよな。まあよい。続けて銀霊族の話をするとしようか」

いよいよ、銀霊族の話が語られる。

フェリクスは固唾《かたず》を呑《の》んで、大精霊の言葉に耳を傾ける。

「お主《ぬし》は当時の銀霊族が亡くなったと言うが、厳密にはそうではない。純然たる精霊王の力を宿した者――銀血の一派の王、ラージャは数百年前からの唯一の生き残りである」

精霊王の力によってその身が変化したため、寿命も延びたようだ。

「無論、多くの銀霊族は過去のことなど気にしてはおらず、現在の待遇を考慮した上で動いておるがな」

そして大精霊は現状を語る。

銀霊族は近年、他種族の魔人を受け入れるようになったため純血は数を減らしており、いつしか血族ではなくただの集団を示すようになっていた。そして精霊王の力を宿した者としての生き方を捨てる方針が決まろうとしていた。

そもそも現在の銀霊族は、精霊王の力の奪い合いを経験しているため、その力をほとんど継いでおらず、これといった力を持たない。

純血である「銀血の一派」などの血が濃い者だけが、魔物を使役する力と翼を生やす力を引き継いでいるが、それだけだ。

彼らが白髪なのも、銀の輝きを失ってしまったからだと言われている。もはや魔人としては能力を持たず、弱い部類と言ってもいい。

「それでも、あやつらにも誇りがあったのだろうな」

そんな状況で、ザルツら銀血の一派は精霊王の力を宿した者として生き残りをかけた戦いに挑む。人や別の魔人といった異なる種族を相手にするだけでなく、銀霊族の中でも敵《てき》対《たい》派《は》閥《ばつ》を抑えていかなければならず、勝利の見込みは薄かった。

どこにあるかもわからない精霊王の力を手にすることができなければ、彼らの道は途絶える。

幸いにも高い適性を持つ者が同時代に何人も現れた。長い間生まれてこなかったというのに、まるで運命が後押ししているかのように。

彼らなら精霊王の力を宿すことができる。そして濃い銀血が共鳴し、精霊王の遺体を探すことができる魔人も現れた。

出来損ないとされていた銀霊族が、再び表舞台に立つ日も近い――

◇

銀霊族の目的を聞いていたフェリクスは、それでも同情できなかった。

「やつらが精霊王の力を用いて地上の支配者となろうとしているのであれば、止めなければならない。数百年前になにがあったとしても、俺たちには今を生きる権利がある。そして平和を望む人々がたくさんいるんだ」

フェリクスは戦う覚悟を決める。

シルルカもリタも、アッシュもキララも、そしてヴォークも気持ちは同じだろう。銀翼騎士団は魔人の陰謀を打ち砕かねばならない。

「さて、人間よ。昔話はこれでしまいだ。せっかくだ、なにか質問があれば答えよう」

「夜嵐騎士団の団長――いや、魔人ルドウィンについて聞かせていただきたい」

「ふむ。それは直接聞くがよい。ザルツはそのことについて話したくないようだったからな」

「なにか秘密があるのですか」

「勘違いするでないぞ。銀血の一派の王であるラージャのやつとも我は旧知の仲ではあるが、どちらにも肩入れするつもりはない。我ら精霊にとっては、人も魔人もそう変わるものではないということだ」

公平を期そうとしているのだろう。

むしろ昔なじみである銀霊族に肩入れせず、今日会ったばかりのフェリクスたちに話をしてくれる辺り、親切に対応してくれたとも言えよう。

アッシュは仕方ないとばかりに頷《うなず》く。

「正義なんて相対的なものですし、まして精霊の価値観は我々とも異なるでしょう」

「人間にしては物わかりがよいな。ついでに言っておくが、ザルツらも昔話をする傍ら、報告をしただけだ」

仮面を着けたルドウィンも懐かしい友に会いに来たと言っていた。

彼らの言葉は嘘《うそ》ではなかったのだろう。

「話はこれで終わりか」

「最後に一つよろしいでしょうか。寒冷化により民の生活は厳しくなっています。これを止めることはできませんか」

カザハナも寒冷化の影響を受けている。アッシュにとっては見過ごせない一件だ。

大精霊は首を横に振る。

「それはすまぬと思っている。だが、これはもはや我にはどうにもできぬ。ザルツらが精霊王の力を蘇《よみがえ》らせるのを阻止しなければ、我が力はますます強まってしまうだろうな」

「わかりました。お答えいただき、ありがとうございました」

アッシュは頭を下げると、フェリクスに向き直る。

「ザルツよりも先に精霊王の肉体を探し出す必要がありますね」

「ああ、そうだな」

これにてひととおり必要な話は終わった。

ザルツたちもまだこの近くにいるかもしれない。もし追跡できた場合は、なにをしようとしているのか、問《と》い質《ただ》すこともできよう。

フェリクスは大精霊に深く頭を下げる。

「大精霊様、お世話になりました」

「うむ。多少の暇つぶしにはなった。いずれ時が来れば、また会おうではないか」

そのときが来るかどうかはわからないがな、と大精霊はつけ加えた。

フェリクスたちは城を出ようとするが、ケモモンは大精霊を見つめたまま動かない。

「どうかしたのか？」

ケモモンは前足をひょいと持ち上げる。

「ケモ〜」

「……ケモモンがしゃべった!?」

これまで一度たりとも言葉を口にしなかったケモモンのことだ。よほど大事な用事があるに違いない。

フェリクスは息を呑《の》みながらアッシュに尋ねる。

「なんて言ってるんだ？」

「さようならって言っていますね」

「礼儀正しいな！」

「うちのケモモンは行儀がいいんですよ」

得意げなアッシュである。

「うむ、銀の獣よ。達者でな」

大精霊に見送られて、ケモモンは歩き始める。

フェリクスもケモモンを見習ってもう一度、しっかりと頭を下げるのだった。

一行が城を出ると、吹雪《ふぶき》は弱まっていた。ザルッたちはすでにこの場を離れたらしく、近くにその気配はない。

「ひとまず町に戻り、それから陛下に報告しよう」

それから兵たちに魔人の行方を追ってもらえばいいだろう。ルドウィンのような実力者もいるため、万全の態勢で挑んだほうがいい。

なにをするにしても、準備を整えるのが先決だ。

「団長、ザルッを追うのは俺にやらせてくれないか」

責任感からか、ヴォークが申し出る。彼は地理に明るいことに加え、彼の守護精霊も雪中での移動に長《た》けているため適任だ。

きっと、この地に連中を野放しにしておいてホルム国に被害が出ることを危惧《きぐ》したのだろう。

その際、ディーナ姫にも危険が及ぶ可能性があるのだから。

フェリクスは頷《うなず》きつつ、ヴォークに追跡の指示を出した。

「よし、銀翼騎士団をまとめてやつらを追ってくれ」

「お願いしますね。すぐに見つかれば我々も討伐に赴きますが、そうでなければ団長とともにいったん、陛下のところに戻りますので」

アッシュが今後の予定を告げると、キララがつけ加える。

「カザハナ公爵にも報告しないとね」

カルディア騎士団には関係ないことだが、二人にはカザハナで交わした大事な約束があるのだ。

「そうですね。寒冷化の原因はわかりましたが、今しばらく解決できそうにないですから」

もう少し、このまま耐えてもらうしかないだろう。

けれど、解決が難しそうとは言わなかった。銀翼騎士団ならば、解決できると信じているから。

彼らの話がまとまると、シルルカはほっとするのだった。

「ようやく暖かいお城に帰れそうです」

「あ！　大精霊様にも会えたし、頑張ったご褒美がもらえるかな？」

リタは出発前にしていた話を思い出す。大精霊に会うという目的はしっかり果たしており、その際に彼女も大活躍していた。

だからフェリクスも「そうだといいな」と賛成するのだった。

やがて一行は氷の城を離れていく。振り返れば、もう雪に阻《はば》まれて城はすっかり見えなくなっていた。

ケモモンは力強く雪上を駆け、南に向かっていく。進むほどに、少しずつ寒気は落ち着いてきていた。

はるか遠くで雲の切れ間から日が差し込む。

「わあ、綺麗《きれい》ね」

陽光に照らされて、辺り一面は光の粒を散らしたようにキラキラと輝いている。それはあたかも精霊たちが祝福しているかのよう。

きっと、この先には輝かしい未来が待っている。

白銀の景色はどこまでも広がっていた。

エピローグ

赤々とした宮殿の瓦屋根《かわらやね》は、うっすらと雪化粧していた。

銀霊族たちが住まう都であるここでは、滅多に雪は降らない。しかし、今年は寒冷化の影響もあって、降雪があった。

しんと静まった渡り廊下に一人の男がいた。かつて夜嵐騎士団の団長であったルドウィンである。

彼は足音一つ立てずに、ひっそりと歩いていく。

「ザルツが戻ってきて以来、人間がこの辺りをうろつくようになったそうだな」

近くの部屋から声が漏れていた。いくつかの影が動いていることから、中には数名いることがわかる。

「なんと言ったか……あの魔人モドキが連れてきたのではないのか」

「所詮、人間上がりのなり損ないよ。裏で繋《つな》がっていてもおかしくはない」

付近にルドウィンがいることにも気づかず、彼らは話し続ける。

あるいは、本人に聞かれても構わないと思っているのか、あからさまな不快感を表す者も少なくない。

「しかし、ラージャ様もなにゆえあのような男を重用するのか」

「仕方ないのだろう。あやつの力は必要不可欠だ」

「そうは言うが……人間上がりなど、信用できるものか」

この宮殿に集まっているのは、多くが銀血の一派だ。純血であり、この国の中心を担ってきた者たちであるが、それゆえに排他的でもあった。

近頃、純血ではない者が増えてきていることに対して不満を抱いているのもあるだろう。いかにルドウィンが実力者といえども、元が人間であればなおさらだ。

ルドウィンは彼らの声を聞き流しながら、渡り廊下を進んでいく。

「こうなったのもザルツの独断が原因だろう。国を揺るがす決断だ。懲罰があってもよいくらいだというのに、いまだにあの振る舞いはいかがなものか」

「精霊王の力を手に入れてから、ますます独善的に動くようになったと聞く」

「銀血の繁栄を謳《うた》いつつ、権力を欲しがっているだけではないのか。近頃は我々に秘密でなにかをやっているという話も聞く」

「一度ラージャ様にお伺いするべきか。そうすればザルツも無視はできまい」

その影は次々と不満を吐き出していく。

彼らは銀血の一派の中でも保守派なのだろう。長く続いてきた体制を変えようとは思わかった。

ルドウィンは足音を立てないように歩き続け、次第に声は遠ざかっていく。やがて一つの扉の前に辿《たど》り着いた。

身の丈の倍はあろう巨大な扉で、全体は赤く塗られており、銀を用いた装飾が施されている。羽根を散らしたような模様が多く、その中心には巨大な翼が描かれていた。

数名の見張りは彼の姿を認めると、道を空けて扉を開けた。

「ルドウィン様、奥でザルツ様がお待ちです」

「ああ、ご苦労。……俺だ。入るぞ」

ルドウィンは扉の向こうへと歩いていく。

日の光も差し込まない部屋の中、小さな炎に照らされてぼんやりと浮かび上がる壁面には、乾いた血の跡がこびりついていた。どれほど重ねたのか厚みがあり、元の壁はまったく見えない。

「ザルツ、宮殿中がお前の話で持ち切りだ」

中央に座していたザルツは振り返る。

「なんと言っていた？」

「人間を取り立てる愚か者だそうだ」

ルドウィンの率直な物言いに気を悪くすることなく、ザルツは表情一つ変えずに淡々と返した。
「どちらが愚かなものか。純血とはいえ、やつらの血は権力に、怠惰《たいだ》に、強欲に濁ってい
る。お前が魔人となったのも、そもそもやつらが信念も忠誠心も持たなかったからだ」
「辛辣《しんらつ》だな。俺としてはどうでもいいが、銀血の一派を率いるお前は、あんなやつらでも
味方につけておかなければならない立場だろう」
「残念ながらそうだったな。だが、それもじきに変わる。精霊王の力を手にすれば、我々
を王として認めざるを得ないだろう」
　ザルツは自分の右手を見つめる。
　精霊王の遺体を同化させてからすっかり変色しており、ときおり意思にかかわらず蠢《うごめ》こ
うとする。精霊王の力が強まるほどに、その傾向は強まっていた。
　ルドウィンは目を細めて呟《つぶや》く。
「――我々、か」
「そうだ、我々だ。お前こそ、よそ者扱いには怒ったらどうだ。今や我々と同類となった
のだから、お前にはその権利がある」
「言っただろう、俺としてはどうでもいいと。銀霊族が王になり、この世界を変えるのが
見たいだけだ。俺としては、お前が王になるところが見たいがな」
「……妙な気を起こすなよ」

睨《にら》むザルツに、ルドウィンは肩をすくめた。

「わかってるさ。この因縁はラージャのものだ。お前の言い分は理解している」

「それならいい。……さて、ルドウィン。覚悟はできたか？」

「一度死んだ身だ。とっくに死ぬ覚悟はできてるさ」

「ならば命ずる。お前にはもう一度……新たな世のために死んでくれ」

「ああ。承知した」

ルドウィンは部屋の奥に進んでいく。

そこにあったのは小さな祭壇だ。非常に簡素なものだが、彫刻によって描かれた心臓が目を引く。

「フェリクス、お前が正義を貫くというのなら見せてみろ。そうでなければ——俺がこの世界を変えるぞ」

ルドウィンが彫り込まれた心臓に触れると、祭壇が銀の輝きを帯びていく。

やがてゆっくりと蓋が開かれて、中にあったものが明らかになった。

ごくりと生唾を呑《の》み込む音が、やけに大きく聞こえる。

「これが銀霊族の命運を握っているのか」

「ああ、そうだ。ルドウィン、頼むぞ」

祭壇の中から現れたのは脈動する心臓だ。

全体は銀色で、その中を光が循環している。この世に散らばる精霊王の遺物すべてにその力を巡らせる、精霊王の心臓であった。

ザルツはじっとそれを見つめる。ようやく、悲願が達成されるときが来ようとしていた。

ルドウィンはその心臓を手に取り、自身の胸に押し当てる。

「さあ、動きだせ。革新の時は来た！」

ルドウィンは高らかに宣言する。

銀の光が溢《あふ》れ出し、薄暗い部屋の中を満たしていく。

銀霊族の野望が叶《かな》うときは近い。

◇

フェリクスたちがホルム国の旅を終えて、ジェレム王国に戻ってきて数日後。

彼らは城に来ていた。トスカラ王の命令によって集まったのである。

あれからザルツらは南下を続けており、カルディア騎士団でも追跡を続けていたため、その報告が来たのかもしれない。

「ヴォークは来ていないのか？」

「追跡部隊を率いていますから、当面はこちらに戻ってこないでしょうね」

「張り切っているようだな」

「ええ。ディーナ姫は砦《とりで》の奪還に成功しましたし、心置きなく仕事に専念してくれるでしょう」

ホルム国はアイシー地方に多くの戦力を投入し、竜魔人との戦いに打ち勝って、見事に砦を取り戻していた。

あの砦は奪い奪われてきた歴史があるため、いつまた敵が襲ってくるかはわからないが、今のところ戦力が集中しているため、当面は安全だろう。

やがて一行は、トスカラ王のいる部屋に辿《たど》り着く。彼はフェリクスたちの到着を待ちわびていた。

「よく来てくれたな、フェリクス殿。旅の疲れも取れた頃かな」

「はい。ジェレム王国は冬でもそこそこ温暖でいいですね」

ホルム国と比べると気温はかなり高い。シルルカも「あったかいお城は素敵です」と尻尾を揺らす。

トスカラ王はフェリクスたちを見つつ、本題に入った。

「今日集まってもらったのはほかでもない、ザルツの行方についてだ」

「とうとう見つかったのですか」

「明確ではないが、そこにやつらの国があると推測されている」

「と言いますと、町を見つけたわけではないのですね」

「うむ。やつらの足取りが消える場所があるが、住居はまったく発見されておらず、幻影が使われていると思われる」

「なるほど。その場所はどこでしょうか？」

この大陸では東寄りには竜魔人たちの国があり、西には人の国がある。では、銀霊族はどこにいるというのか。

トスカラ王は地図を広げると、一点を指し示した。

「オルヴ公国の南東だ」

「……まさか。そこは人の領域のはず」

「今まで見つからずにいたのだろう」

「偶然、迷い込む者がいてもおかしくはないが……」

「精霊王の力で、幻影を生み出したのでしょう。それでしたら、まったく気づかない可能性もあります」

シルルカが告げる。幻影魔導師である彼女の言葉だからいっそう信憑性《しんぴょうせい》は高い。

フェリクスも一度、その力を目の当たり《まあ》にしている。あのときはヴェルンドル王国でシルルカの父が用いたものだった。

魔術について技量が高かったわけではない彼の幻影ですら、疑わなければ見破れないほどであり、実力者であれば、どれほどの効果があることか。

「しかし、数百年も見破られないというのは不思議ですね」

「代替わりのたびに技術が引き継がれていたのか、同じ術者が生きているのか。はたまた誰が用いても同じような効果が得られる仕組みがあるのか、数百年前に施された幻影がそのままになっているのか」

銀血一派の王ラージャは、数百年前からの生き残りと言っていた。そこまで長生きでなくとも、それに準ずる期間を生きている者がいてもおかしくはない。

なんにせよ、その場所を突き止めるのは骨が折れそうだ。シルルカの魔導をもってしても、簡単には見つからないだろう。

「戻ってきたばかりのところすまないが、行ってもらえるか」

「承知しました。必ずや、銀霊族の野望を食い止めてみせましょう」

フェリクスはその任務を承る。

そうと決まれば、動くのは早いほうがいい。

アッシュはトスカラ王に申し出る。

「仮に銀霊族の町を見つけた場合、諜報《ちょうほう》活動を行うことになるでしょう。蛇蝎《だかつ》騎士団の助力を得たいのですが、可能でしょうか？」

「もちろんだとも。ボルド団長にはすでに話をつけてある」

「ありがとうございます。では、彼らと協力して進めていきましょう」

そう話がまとまったところで、フェリクスはすかさずアッシュに告げる。

「よし、ボルド団長との話はアッシュに任せるぞ」

「むしろ団長同士で率先して行うべきところだと思いますが……面倒だからって押しつけましたね」

「団長さんはボルドさんと仲が悪いですからね」

「あいつと馬が合うやつなんているのかよ」

ボルドはかなり強烈な性格だ。苦手なのはフェリクスだけではない。

アッシュは嫌そうな顔をしつつも、その役割を引き受けた。

「細かいことはやっておきますから、団長は銀霊族の拠点を探すのに専念してください。敵と遭遇した際は、できれば尋問したいので生かしておいてください。見境なく切り殺さないでくださいね」

「俺をなんだと思ってるんだよ」

「団長には前科がありますからね。以前、捕虜にする予定の相手を再起不能にしましたし」

シルフ精霊域での戦いなど、思い当たる節《ふし》はいくつもある。

フェリクスはそっと視線を逸《そ》らす。

「さて、ザルツたちを追うとするか」

アッシュはため息をついた。

こんな調子ではやはり、手加減してくれることなど期待できそうにない。

「仕方ないですね。団長は強敵と戦うことに専念してもらいます」

「……敵の側にはルドウィン元団長もいますからね」

この事実はまだ公表されていない。兵たちの士気にも関わるからだ。

特に銀翼騎士団には夜嵐騎士団から引き継いだ兵も少なくないため、ひどく動揺する者がいてもおかしくなかった。

いずれ彼らに、ルドウィンが銀霊族側についたことを少しずつ話すつもりだ。

「でも、師匠なら大丈夫です。どんな相手もやっつけちゃいます！」

リタがぐっと拳を握って力説する。

「リタさんは夜嵐騎士団のときもいましたよね。ルドウィン元団長の強さを忘れたんですか？」

「でも、師匠のほうが強いもん」

「確かにそうですが……まあ、そうですね。今回はリタさんの言うとおりです。問題ありませんね」

「フェリクスさんは随分と頼られているのね」

「本当に頼りになる団長ですね。銀翼騎士団は安泰です」

「お前ら、本当にこういうときだけおだてるよな。まったく」

そう言いつつも、悪い気はしないフェリクスだった。

トスカラ王はそんな彼らを見て笑う。

「やはりフェリクス殿を見込んだ我が目に狂いはなかった。強敵を相手にするのであれば、フェリクス殿が全力で戦えるように支援しなければならないな。装備もこちらで用意しておこう」

「ありがとうございます」

いかにフェリクスの技量が高いとはいえ、これまでは旅をしていることもあって、武具は支給品で済ませてきた。

しかし、これから先は精霊王の力とも戦うことになる。そんなわけにもいかないだろう。

彼らが出発に向けて準備を始めようとしたその瞬間――地響きにも似た衝動がフェリクスの体を突き抜けた。

「くっ――!?」

思わず胸を手で押さえ、膝をつく。

いったい、なにが起きたというのか。

「団長さん!?」

「師匠、大丈夫ですか!?」

シルルカとリタが駆け寄ってくる。

二人に異変は見られない。アッシュやキララも同様だ。であれば、今の衝撃はフェリクスだけを襲ったということになる。

(これはまさか……)

ドクドクと早鐘を打つ心臓が彼を駆り立てる。考えるよりも前に、体はその感覚を知っていた。

「……精霊王の力が強まったのか」

青の洞窟にいたときよりもはるかに強く、精霊王の力が暴れだそうとしている。

おそらく、精霊王を復活させるために銀霊族が動いている。

(逃げも隠れもしないと言っていたのは、このことか!)

自身の力がどのような状態なのか把握すべく集中すると、体の外からも感じられる強い力がある。

「精霊王が復活した」

皆が息を呑《の》んだ。

それが銀霊族の目的だと聞いてはいたが、まさか、こんなにも早いとは。

「……それは本当なのですか」

「間違いない。俺の中にある精霊王の力が本体を求めている。なにが起きたのかはわからないが……いや、精霊王の心臓が動きだしたんだ。体はバラバラになったまま、この地上のどこかで」

「団長が精霊王の動きがわかるということは……相手からも団長の様子がわかるようになったということでもありますね」

「ああ。仮にそうでなくとも……俺たちは衝突することになる」

精霊王の力を辿《たど》っていけば、必ず対立することになるだろう。今まで以上に激しい戦いが予想される。

「この戦いに勝って、やつらの野望を食い止める」

「行きましょう、団長さん」

「リタもお供します！」

二人はこんなときでも手伝ってくれる。

そしてアッシュとキララはそれぞれの役割をこなすべく動き始めた。

「他の騎士団にも連絡して、敵に備えてもらいましょう。精霊王の力を巡って総力戦になる可能性も高いです」

「精霊たちにもなにが起きているのか聞いてみるわ。ちょっと時間はかかると思うけれど」

「よし、頼んだぞ」

銀翼騎士団はいつもバラバラで、気が向くままに行動している者も少なくない。しかし、全員がそれぞれの長所を生かして、最後は皆で同じところへと集結する。

そんな頼もしい仲間たちがいるのだ。だから決して負けやしない。

この困難も必ず乗り越えて、平和を取り戻してみせる。

「行こう、俺たちの平和を守るために」

フェリクスは精霊王の翼とともに動きだした。

〈『最強騎士団長の世直し旅 5』へつづく〉

この作品に対するご感想、ご意見をお寄せください。

●あて先●

〒101-0052 東京都千代田区神田小川町3−3
主婦の友インフォス　ヒーロー文庫編集部

「佐竹アキノリ先生」係
「パルプピロシ先生」係

ヒーロー文庫

ヒーロー文庫

最強《さいきょう》騎士《きし》団長《だんちょう》の世直《よなお》し旅《たび》 4

佐竹《さたけ》アキノリ

2020年11月10日　第1刷発行

発行者　前田起也

発行所　株式会社　主婦の友インフォス
〒101-0052 東京都千代田区神田小川町 3-3
電話／03-6273-7850（編集）

発売元　株式会社　主婦の友社
〒141-0021
東京都品川区上大崎 3-1-1 目黒セントラルスクエア
電話／03-5280-7551（販売）

印刷所　大日本印刷株式会社

ISBN 978-4-07-445647-5